ullstein

Das Buch

Eine Behinderten-WG in der Nähe von Köln: Der erste Tag stellt für jeden neuen Zivi eine Herausforderung dar. Die Bewohner versuchen mit allen Mitteln, den Neuankömmling für ihre Zwecke einzuspannen. »Käpt'n Horsti« stellt sich als Leiter der WG vor und macht den neuen Zivi mit seinen Hauptaufgaben vertraut, die in erster Linie darin bestehen, Schlagerplatten zu hören und Wrestling-Videos zu gucken. Milva hält Zivis grundsätzlich für ihre persönlichen Arbeitssklaven, die hinter ihr aufräumen und sie mit Süßigkeiten versorgen sollen. Und dann gibt es da noch Günther, den ruhigen Beobachter mit philosophischer Tiefe, der gerne Kekse anlächelt und zum Schälen einer Zwiebel acht Stunden braucht … Ein wunderbarer Roman über die Schrägheiten und Weisheiten, die das Betreuerleben so interessant machen.

»Eine ausgesprochen witzige, schräge, sehr wahrhaftige Auseinandersetzung über Männlichkeit, Normen und Beziehungen.«
rbb kulturradio

Der Autor

Christian Bartel, geboren 1973, ist Mitglied mehrerer Lesebühnen und wurde 2005 deutscher Vize-Meister im Poetry Slam; außerdem schreibt er regelmäßig Satiren für die »taz«. Er lebt mal auf dieser, mal auf jener Rheinseite, aber immer in Bonn.

Christian Bartel

Betreutes Wohnen

Ein WG-Roman

Ullstein

Besuchen Sie uns im Internet:
www.ullstein-taschenbuch.de

Dieser Roman erschien 2011 unter dem Titel
Zivildienstroman
im Carlsen Verlag

MIX
Papier aus verantwortungsvollen Quellen
FSC® C014496

Ungekürzte Ausgabe im Ullstein Taschenbuch
1. Auflage Januar 2013

Umschlaggestaltung: Zero Werbeagentur, München
Titelabbildung: © plainpicture / Till Melchior
Satz: Dörlemann Satz, Lemförde
Papier: Pamo Super von Arctic Paper Mochenwangen GmbH
Druck und Bindearbeiten: GGP Media GmbH, Pößneck
Printed in Germany
ISBN 978-3-548-28411-8

I Wir sitzen in Tante Matthes' grünem Trabantenkombi, lutschen auf unseren Papierfetzen herum und mir kommen ernsthafte Zweifel, ob ich wirklich auf LSD zur Abi-Zeugnisverleihung gehen sollte. Dabei hatte das gestern Abend noch wie eine gute Idee geklungen, aber jetzt natürlich: Fracksausen.

Ich sehe Tante Matthes' Augen im Innenspiegel und in ihnen nicht den geringsten Zweifel, aber Matthes hat eh abgebrochen und bekommt heute kein Zeugnis, außerdem ist er noch breit von gestern oder vorgestern, so genau weiß man das bei ihm nie.

Tante Matthes zündet sich eine Zigarette an, lehnt den Kopf zurück und schickt mir sein aufmunterndes Bauerngrinsen über den Spiegel. »He«, sagt er, und dann: »Aber genau, he«, weil Hans Söllner das in diesem Moment auch sagt. Tante Matthes kommt aus Bayern, wie der Söllner, der gerade aus den Boxen scheppert, und sollte bei uns Abi machen, weil es hier in NRW einfacher ist und ihn in München definitiv keine Schule mehr genommen hat, aber dann ist ihm eine Menge dazwischengekommen. Jetzt wohnt er in einem Dachgeschosszimmer in der Altstadt, veranstaltet manchmal Goa-Partys im Siebengebirge und verschenkt Halluzinogene, wenn ihm danach ist. Trotzdem hat er immer Geld, seine Eltern haben ein großes Autohaus in Pasing.

Neben Tante Matthes sitzt Rieke und presst ihren Mund zu, als habe sie Angst, das Päppchen auf ihrer Zunge könne sich selbstständig machen. Was es zweifellos auch gleich tun wird, denn es ist eine Sache, einen Sommertag in der Rheinaue mit einem Trip aufzuhübschen, eine gänzlich andere jedoch, an der Hand von Miraculix bei der eigenen Zeugnisverleihung aufzutauchen. Wir haben noch eine gute Stunde, bis die Halluzinationen einsetzen, und Tante Matthes sagt, dass wir ja was kiffen können, falls es nachher zu heftig wird. Außerdem hat er noch Valium dabei, falls jemand einen Horror schiebt. Er ist wirklich eine gute Tante, der Matthes.

Bernd sagt, dass Miraculixe keine Horrors machen. Er hat sehr großes Vertrauen in die unbekannten Hersteller, für Bernd sind diese Leute Forscherkollegen, die seine Vorliebe für experimentelle Pharmakologie teilen, und während wir durch den Wald rennen oder zu Dancehall-Beats herumspringen, notiert Bernd seine Eindrücke in eine rote Kladde und zeichnet anschließend Verlaufskurven seiner Räusche. Er hat dann später aber doch Physik studiert und arbeitet heute in einem Atomkraftwerk.

Aber noch sitzt Bernd neben mir und hat sich gerade ein neues Bier aufgerissen.

»Die machen ein paar Farben, sonst gar nix«, mault er. Bernd wollte Micros schmeißen, da soll man vierundzwanzig Stunden drauf bleiben, aber das war Rieke und mir zu lang, denn am Abend ist noch Abi-Ball und wir haben heimlich verabredet, hinzugehen. Dabei hatten wir gestern noch das Gegenteil behauptet. Aber jetzt will ich hin, will mir von den Lehrern auf die Schulter klopfen lassen, mit meinen sogenannten Klassenkameraden anstoßen, mir von meinem Vater mit verschwörerischem Blinzeln einen Schein zustecken lassen, eine Lokalrunde bestellen und dann ins Morgenrot reiten oder was immer man tut, wenn man mit der Schule fertig ist.

Ich lasse den Trip in meine Hand flutschen, nehme den letzten Schluck Bier, steige aus dem Wagen und werfe die Dose auf das Dach der Oberstufenbaracken, weil wir das alle so machen. Bernd hat ausgerechnet, wieviele Dosen es sein müssen, bis man den Berg auf dem Dach vom Weltraum aus sehen kann, und sagt die Zahl komplett auf, wenn man ihn lässt.

Ich habe keine Ahnung, ob das LSD lange genug in meinem Mund war, um zu wirken, aber ich weiß, dass ich den dreien im Auto eine Schmierenkomödie vorspielen muss, wenn das LSD *nicht* wirkt, und dem Rest der Welt, falls es wirkt. Es wird also in jedem Fall ein anstrengender Tag.

Die anderen steigen aus und Rieke hakt sich bei mir ein. »Bist du noch verliebt in mich?«, fragt sie wie jeden Tag, ich nicke wie jeden Tag und sie sagt: »Schade«, weil sie lieber mit mir befreundet sein möchte. Trotzdem würde Rieke gerne mit mir schlafen, hat sie gestern plötzlich behauptet, aber erst, wenn ich aufhöre, in sie verliebt zu sein.

O. k., ich habe gerade damit aufgehört, habe ich gesagt, wir haben gelacht, sie hat den Arm um mich gelegt und ich habe mich sehr weit weg gewünscht. Aber weil ich nicht wusste, wohin ich mich ohne Rieke hätte wünschen sollen, bin ich sitzen geblieben und habe noch ein Köpfchen geraucht, obwohl ich ungern kiffe.

Aber Drogen sind gut für die Beziehung, die wir nicht haben, weil sie die Libido ausschalten, meine jedenfalls. Tante Matthes erzählt da zwar etwas anderes, aber das ist seinem Naturburschenimage geschuldet. Er hält sich für so einen Surferdude, der sich alles reinpfeifen kann, ohne Schaden zu nehmen, und einen hoch kriegt er allemal. Das glaubt er wirklich, und deswegen war auch niemand besonders erstaunt, als er sich dreieinhalb Jahre später mit dem Porsche seines Vaters um den Baum gewickelt hat, denn das waren zu dieser Zeit seine Hobbys: Amphetamine und Autofahren. Aber noch steht Tante Matthes vor mir, zählt vier vor und wir singen das Lied aus diesem Film:

»Ich hack ein Loch in unser Raumschiff /
Ich weiß, das ist nicht gut /
Scheißegal, ich mach es trotzdem /
Goodbye und guten Flug.«

Das singen wir jedes Mal, wenn wir etwas einwerfen, was zumindest in meinem Fall so häufig nicht ist, aber ich finde, das Lied spiegelt auch sonst mein Lebensgefühl sehr gut wider.

Tante Matthes ist übrigens nichts passiert bei dem Unfall, er hatte bloß ein Schleudertrauma und später dann ein Autohaus in Pasing.

»Du hast eine Fahne«, sagt meine Mutter, ich antworte: »Bierchen getrunken«, und sie zupft missbilligend an meinem Hemd herum. Dann will mein Vater uns fotografieren, weil er gleich losmuss.

Rieke steht auch bei ihrer Familie, popelt nervös an ihrem Nasenring herum und rollt mit den Augen, als unsere Blicke sich treffen. Keine Ahnung, was sie mir damit sagen will.

Ihr Freund hält ihre Hand, seine linke Augenhöhle schimmert gelblich und die Wange darunter ist leicht geschwollen. Das hat er von mir. Ich habe ihn geschlagen, weil ich dachte, dass es mir danach bessergeht, aber ich habe mich bloß vollkommen lächerlich gefühlt, und das war auch eine interessante Erfahrung, rede ich mir ein. Er ist kleiner als ich, hat sich nicht mal richtig gewehrt, und Rieke hat natürlich einen Riesenaufstand gemacht, aber sie ist keine gute Schauspielerin und man hat gemerkt, dass sie es irre spannend findet, dass sich Männer ihretwegen schlagen, und damit war der Gipfel der Lächerlichkeit fürs Erste erreicht. Wenn ich Rieke nicht liebte, würde ich sie nicht einmal mögen, glaube ich.

Ich würde mich auch bei Riekes Freund entschuldigen, wenn er nicht so ein Vollidiot wäre. Ist er aber – ich winke ihm zu, er guckt wütend zurück und ich wünsche mir, ich hätte die Pappe nicht ausgespuckt. Dann wäre das hier nur Drogenquatsch und nicht mein richtiges Leben.

Ist es aber, klingelt die Glocke, und die große Zeremonie beginnt. Wir spielen mit einer Oberstufen-Allstarband »Summertime« mit einem Religionslehrer am Klavier und eine Bossa-Version von »Anarchy in the UK« als Überraschung. Der Lehrer fragt, ob alles klar ist, als ich die Gitarre umschnalle, ich sage: »Alles klar, aber das LSD fängt an zu wirken«, und wir lachen. Er freut sich, als aus dem Blue Bossa langsam das Sex-Pistols-Stück wird, und zeigt an, dass er gern ein Solo spielen möchte. Der gesamte Lehrkörper im Publikum wippt mit, findet sich sehr progressiv, lässt sich zu *standing ovations* hinreißen und die eklige Vertrauenslehrerin will uns danach alle umarmen.

Als wir wieder sitzen, beschwert sich unser Schlagzeuger, dass ich die Breaks versaut hätte, und hat damit Recht. Ich habe ständig auf die Uhr geschaut, weil ich wissen wollte, wie viel Zeit mir noch bleibt, bis die Wände sich aufrollen und der Fußboden anfängt zu schwimmen. Antwort: eine Viertelstunde.

Unser Direktor tritt ans Mikrofon, macht einen Schmunzelwitz über Anarchie und hält eine Rede über gesellschaftliche Verantwortung und Bildung, während unser Equipment hinter ihm anfängt, langsam Richtung Decke zu wachsen. Es geht also doch schon los, denke ich und mache die Augen zu. Als ich sie wieder aufmache, ist alles normal und ich weiß immer noch nicht, ob ich jetzt mit oder ohne Drogeneinwirkung paranoid werde.

Ich drehe mich Rieke zu, die zuckt mit den Schultern, also merkt sie noch nichts, aber Bernd kritzelt schon enthemmt in seinem Block herum.

Tante Matthes steht an der Tür und sieht extrem bedröhnt aus, aber bei ihm fällt das schon niemandem mehr auf. Es folgt eine Abiturientenrede, die noch staatstragender ist als die des Direktors. Der Redner ist heute wissenschaftlicher Mitarbeiter eines Bundestagsabgeordneten, aber noch steht er am Pult und quatscht Blödsinn, bis Tante Matthes »Fuck you« brüllt. Wir drehen uns um, meine Mutter schaut mich vorwurfsvoll an, weil sie weiß, dass ich mit Tante Matthes befreundet bin, der mich wiederum feixend anguckt.

»Das muss doch nicht sein«, sagt der Blick meiner Mutter und natürlich hat sie Recht, aber Tante Matthes hat eben auch Recht. Weil es eben doch sein muss. Plötzlich kommt es mir vollkommen folgerichtig vor, LSD zu nehmen und gleich wieder auszuspucken. Die perfekte Metapher für meinen Geisteszustand, denke ich, und dieser Gedanke allein beweist eigentlich schon, dass die Pappe anfängt zu wirken.

Wir bekommen unsere Zeugnisse. Ich bin als Dritter dran, weil mein Nachname mit B anfängt und weil alle wissen, dass ich einen Trip geschmissen habe und gleich ausflippen werde. Halt, befehle ich mir, akute Paranoiagefahr, und versuche, alle Gedanken zu verscheuchen, während ich die Urkunde entgegennehme. Auf dem Foto sehe ich vollkommen normal aus, aber noch stehe ich mit der Hand des Direktors in meiner auf der Bühne.

Bei Bernd, dessen Nachname mit D anfängt, ist es eindeutiger. Er hält sich an seiner roten Kladde fest, weigert sich, dem Direktor die Hand zu geben, und lächelt ihn stattdessen an. Bernd lächelt sonst nie und steht auf keinen Fall gerne auf der Bühne. Aber diesmal bleibt er einfach stehen und lächelt noch ins Publikum, als sein Applaus schon längst verklungen ist. Als der Direktor ihn freundlich zum Gehen auffordert, streichelt ihm Bernd über die Wange und notiert das sofort in seine Kladde. Er sieht hochzufrieden aus, als er sich unter dem Gekicher der Stufe in seinen Stuhl fallen lässt, sein Experiment ist geglückt. Dann ist Rieke dran. Später verrät sie mir, dass sie die Pappe gar nicht genommen, sondern heimlich in die Hosentasche gesteckt hat, aber noch drücke ich ihr die Daumen, dass sie keinen Heulkrampf oder Lachflash kriegt, und mir wünsche ich, dass sie doch einen kriegt, damit ich sie retten kann. Rieke schwitzt und lässt ihr Zeugnis fallen, aber sonst kriegt sie es hin.

Nach der Vergabe stehen wir auf dem Pausenhof und trinken Sekt. Die Eltern sind fast alle gegangen und meine Mutter hat das Zeugnis mitgenommen, damit es nicht verknickt. Bernd sitzt unter dem Baum am Rondell und schreibt seine Kladde voll, was niemanden wundert, weil er als Naturwissenschaftler und damit automatisch als Autist gilt.

Die eklige Vertrauenslehrerin redet auf Tante Matthes ein,

sie macht sich Sorgen um ihn, obwohl er nicht mehr auf ihrer Schule ist. Alle sollen sehen, dass sie sich Sorgen macht, findet die Vertrauenslehrerin, und Tante Matthes findet, dass alle sehen sollen, dass er sich abgeschossen hat, und so arbeiten die beiden hochprofessionell und konzentriert an ihrem Image.

Rieke knutscht mit ihrem Freund rum und ich halte nach Anne Ausschau, denn Anne ist für mich das, was ich für Rieke bin, und deswegen findet sie *mich*, bevor ich suchen muss. Ich nehme Anne in den Arm und gratuliere ihr zum Abitur. Wir küssen uns und ich schiebe ihr meine Zunge in den Mund. Sie schmeckt nach Sekt, Vanilletabak und Hingabe, und als wir uns voneinander lösen, schaut sie mich aus diesen wässrigen, hilflosen Augen an, mit denen ich Rieke immer angucke. Jetzt zum Beispiel wieder, während Riekes Freund an ihrem Hintern herumgrabbelt.

Anne will mich wieder küssen, obwohl sie doch sehen muss, dass ich Rieke hinterherstarre, und ich küsse zurück, damit Rieke das sieht, während Tante Matthes den Kofferraum seines Trabbis öffnet und die Anlage anwirft. Cutty Ranks beginnt umstandslos seinen Gott in kehligem Patois anzugrölen, dass er Barmherzigkeit walten lasse, und meine Schulzeit endet, ohne dass das LSD angeschlagen hätte.

2 Jetzt ist es raus. Rieke will für ein Jahr nach Israel gehen, sie hat sogar schon einen Platz in einem Kibbuz. Das hat sie gestern Anne erzählt und die hat es mir erzählt, also weiß ich offiziell gar nichts davon und deswegen könnte es als Zufall durchgehen, dass ich mich gerade dort als Zivildienstleistender beworben habe.

Da haben Sie Glück, die letzte Bewerbungsrunde ist nämlich morgen, hat die Frau am Telefon gesagt. Sie suchen Bewerber, die sich intensiv mit Israel auseinandersetzen wollen und Spaß am interkulturellen Lernen haben. Außerdem sollte man sprachbegabt, handwerklich geschickt und erfahren im Umgang mit Tieren sein.

Super, habe ich behauptet, dann passt es ja.

Immerhin haben sie Rieke genommen, und die passt garantiert auch in keine der Kategorien.

Zur Vorbereitung habe ich gestern Abend das Bücherregal meiner Eltern nach Material über Israel durchstöbert und immerhin das Gesamtwerk von Ephraim Kishon, den Roman »Exodus« und eine Sammlung mit jüdischen Witzen gefunden. Gelesen habe ich aber bloß das Witzebuch und dann nachts von einem Haufen chassidischer Rabbiner geträumt. Sie wollten mich zwingen, Pointen für ihre Witze zu erfinden, während Rieke von bewaffneten Mädchen in Faltenröcken auf ein Schiff entführt wurde. Anscheinend habe ich also irgendwann die Verfilmung von »Exodus« gesehen, denn schließlich ist auch noch Paul Newman aufgetreten, um mit Rieke in einer Technicolor-Wüste einen Staat zu gründen. Bevor ich in meinem eigenen Traum die Intifada ausrufen musste, bin ich aber aufgewacht.

Eine Stunde später sitze ich in einem Büro für Freiwilligendienste und krümele koscheren Matzen auf den Boden, die man uns als »kleinen Gruß aus Israel« serviert hat. Es ist ein staubiges und trockenes Land, aber das hätte ich auch ohne Knäckebrotmetapher gewusst. Zusätzlich werde ich heimlich von einer Amelie beobachtet, die mir gegenübersitzt.

Amelie trägt mit großem Ernst eine schwarze Heiner-Müller-Brille zu einer Schnittlauchfrisur und hält sich demonstrativ ein Buch von Amos Oz über den Palästina-Konflikt vor die Nase. Allerdings sollte sie zwischendurch mal umblättern, damit ihre Leseperformance überzeugender wirkt, aber dazu ist sie viel zu aufgeregt. Stattdessen wippt sie fortwährend mit dem Knie.

Amelie habe ich schon vor der Tür kennengelernt, als ich mit »Na, auch zum Kibbuz?« ein wenig Konversation machen wollte, worauf sie mir ein druckreifes Referat über die fundamentalen Unterschiede zwischen traditionellen Kibbuzim, denn das ist laut Amelie der korrekte Plural, und dem internationalen Freiwilligenprojekt in Aschkelon heruntergerattert hat, dessen unmittelbar bevorstehende Bewerbungsrunde Amelies linkes Knie wie eine Nähmaschine rattern lässt.

Neben ihr sitzen zwei Jungs in unterschiedlich cremefarbenen Rollkragenpullovern unter braunen Cordjacketts und diskutieren über Zionismus, während Amelie immer blasser wird und dann hinausrennt.

Zionismus ist nämlich ihre Achillesferse, hat sie mir vorhin gestanden, sie sei da zu keiner eindeutigen Haltung fähig, und je mehr sie darüber gelesen habe, desto schlimmer sei es geworden, man müsse doch auch die Position der Araber bedenken, hat sie mit echter Verzweiflung gesagt, wollte dann wissen, ob das jetzt schlimm für ihre Bewerbung sei und wo ich mich in diesem Zusammenhang verorte. Ich habe aber bloß einen Witz aus dem Buch erzählen können, Amelie fand mich trotzdem ziemlich abgeklärt und ich musste ihr insgeheim Recht geben.

Amelie hat gerade vor Aufregung in den Rinnsteig gekotzt und zittert am ganzen Körper. Ich warte ein bisschen hinter der Tür, bis sie sich beruhigt und eine Handvoll Pfefferminzdrops in den Mund geworfen und schnaufend zerkaut hat, dann gehe ich raus, biete ihr eine Zigarette an und erkläre, dass sie sich keinen Kopf um den Zionismus machen soll. Sie würde sich ja nicht als Staatspräsident bewerben, sondern eher als unterbezahlter Schweinehirte.

»Schweine sind eher unwahrscheinlich«, gibt sie zu bedenken und hat damit zweifellos Recht.

Um sie aufzumuntern, gebe ich zu, dass ich weder sprachbegabt noch interkulturell oder handwerklich geschickt bin und meine Erfahrungen mit Tieren auch eher ungut verlaufen sind, jedenfalls für die Meerschweinchen meiner Schwester.

Amelie muss lächeln: »Was willst du dann im Kibbuz?«

»Freiwilligenprojekt«, zitiere ich sie. »Es ist kein Kibbuz, es ist ein weltanschaulich neutrales Projekt für internationale Volunteers. Hab ich gehört.«

Sie muss schon wieder grinsen und hört auf zu zittern.

»Ich bin verliebt und reise einer Frau nach, die dahin will.«

»Ist sie das wert?«

»Kann man sich das aussuchen?«

Amelie schüttelt den Kopf und schaut mich an.

Sie ist schon wieder beeindruckt. Ich bin auch beeindruckt. Das war ein filmreifer Dialog. Wir rauchen schweigend unsere Zigaretten, während ich darüber nachdenke, warum ich nur Eindruck auf Mädchen mache, von denen ich garantiert nichts will, und Amelie noch mal ihre Präsentation durchgeht. Wir werden nämlich gleich in einer Vorstellungsrunde Argumente vorbringen müssen, warum wir für die Stelle geeignet sind. Das hat Amelie mir gesteckt, weil sie natürlich die Prüfungsunterlagen gelesen hat. Ich sollte mir vermutlich Sorgen machen, habe aber einfach kein Talent dafür. Oder andere Sorgen.

Sie heisst Noa und ist gleichzeitig Friedensaktivistin und Leutnant der Reserve bei den Israel Defence Forces. Hat sie gerade erklärt. Aber dieser schöne Nebenwiderspruch ist niemandem aufgefallen, weil alle vollauf mit Noa-Angucken beschäftigt sind, die ist nämlich noch schöner.

Amelie bekommt schon wieder rote Flecken im Gesicht, und von der intellektuellen Selbstsicherheit der beiden Jungs ist auch nicht mehr viel übrig. Sie rutschen auf ihren Stühlen herum und schauen fassungslos die zierliche Frau mit den dunkelbraunen Locken an, die uns gerade zum Verhör abgeholt hat.

Eigentlich hat sie uns bloß nett hereingebeten, Kaffee angeboten und uns gebeten, die ganze Angelegenheit als zwangloses Gespräch anzusehen. Sie freue sich wirklich sehr, uns kennenzulernen, hat sie mehrmals betont.

Unter normalen Umständen würde ich mich in Gegenwart einer Frau wie Noa umstandslos zum Affen machen oder kein Wort herausbringen, und zwar abwechselnd, aber meine Aufmerksamkeit wird von einem anderen Problem beansprucht. Noa hat noch einen Bewerber mitgebracht.

Steffen. Riekes Freund.

Er steht in der Tür und starrt mich an. Das kann ich ihm zwar nicht verdenken, starre aber trotzdem feindselig zurück. Noa bietet Steffen einen Platz an und wir starren im Sitzen weiter. Eigentlich sollten wir uns sofort unsere Stühle unter dem Arsch wegreißen und damit aufeinander einprügeln, bis einer von uns tot umfällt. Dann hätten wir es endlich hinter uns. Allerdings habe ich das alte Hausmittel Gewalt schon einmal zu verabreichen versucht, und so richtig angeschlagen hat es ja nicht.

Und deswegen schauen wir uns brav die Bilder des Projektdorfes an, die Noa in ihrem hinreißenden Akzent erläutert. Es ist eigentlich ein scheunentorbreiter amerikanischer Akzent, weil Noa im Mittleren Westen aufgewachsen ist, aber aus ihrem Mund klingt er trotzdem elegant. Deutsch hat sie auf dem College gelernt, bevor sie in Israel Geschichte studiert hat und zur Armee gegangen ist, dann ist sie nach Deutschland, um in Berlin über die Shoah zu forschen und für das Projektdorf zu arbeiten.

So ein Leben kann man also auch führen, denke ich. Man kann in die Welt hinausgehen und sinnvolle oder wenigstens aufregende Dinge tun. Heute wäre ein guter Tag, um damit anzufangen. Schade, dass ich überhaupt nicht vorbereitet bin.

Ich bin sozusagen der Verbindungsoffizier hier in Deutschland, sagt Noa gerade lachend, täuscht einen militärischen Gruß an und beinahe wären wir alle hackenschlagend aufgesprungen, aber wegen der jüngeren deutschen Geschichte lassen wir das lieber. Außerdem war es nur ein Witz. Eine kleine Auflockerung ihrerseits, um das Eis zu brechen.

Stattdessen nicken wir beeindruckt und man kann sehen, wie unsere Gymnasiastenhirne heißlaufen, weil wir an einem abrufbereiten Statement zum Holocaust feilen, falls wir danach gefragt werden. Es darf weder zu abgedroschen klingen noch zu salopp formuliert sein, immerhin muss es eine polyglotte, extrem attraktive Israelin mit militärischer Erfahrung und akademischen Weihen beeindrucken, die außerdem darauf Wert legt, uns auf Augenhöhe zu begegnen.

Ich würde mich auch gerne für das Projekt interessieren, kann aber nicht, weil ich Steffen böse anstarren muss. Und während auf der Leinwand Bilder von Obsthainen, Bungalows, Werkstätten, Schwimmbädern und glücklichen, schönen Menschen die Geschichte eines handgemachten Paradieses in der Wüste erzählen, schielen wir uns blöd und brünftig aus den Augenwinkeln an wie zwei spermageflutete Jungbullen.

Steffen sieht total verwohnt aus, und das kann nicht allein an mir liegen. Meine Theorie geht so: Rieke hat ihren Plan, in Kürze ohne ihn den Kontinent zu wechseln, taktvoll verschwiegen, bis sie es versehentlich Anne verraten hat, und da hätte sie es auch gleich mit dem Megafon in die Fußgängerzone brüllen können.

Jetzt bewirbt sich Steffen genau wie ich Hals über Kopf in der letzten Runde. Jedem anderen würde ich Glück wünschen, immerhin sitzen wir im selben Boot. Blöderweise gibt es nur einen Sitzplatz und den beansprucht ausgerechnet die nimmermüde Nemesis seiner ohnehin nicht grundsoliden Beziehung.

Ich an seiner Stelle würde total ausflippen, und wenn ich mir seine mahlenden Kiefer und die im Schoß geballten Fäuste mit den weiß blinkenden Knöcheln so anschaue, ist genau das nurmehr eine Frage der Zeit.

Umso besser. Das wird seine Chancen hier nicht gerade steigern.

Aber Noa zeigt auf mich. Ich soll mit der Vorstellungsrunde beginnen, befiehlt die Frau Leutnant, aber ich verschlucke mich lieber kunstvoll an einem der Pfefferminzdrops von Amelie und führe einen formvollendeten Hustenanfall auf, so dass Noa schließlich Steffen bitten muss, zu beginnen. Ich röchele noch ein wenig herum, bis Steffen endlich angefangen und Noa mir ein Glas Wasser gereicht hat.

»Entschuldigung«, sage ich und sende ein verlegenes Lächeln in die Runde. Steffen wird knallrot, aber vor Wut und nicht etwa, weil er aufgeregt ist, wie Noa vermutet.

»Stell dir einfach vor, du sitzt mit guten Freunden zusammen«, sagt sie deshalb. Steffens Gesichtsfarbe wechselt vom Knall- ins Karmesinrote und sein Blick, der nach wie vor auf mir liegt, von ordinärer Wut in hochprozentigen, leicht entzündlichen Hass.

Vielleicht wird es doch noch was mit unserer gemeinsamen Gewaltkarriere.

Es wird tatsächlich etwas daraus, aber erst später.

Nach der Vorstellungsrunde müssen wir zuerst eine Brücke aus Pappstücken bauen. Ohne dabei verbal zu kommunizieren, erklärt Noa, weil wir in Israel bestimmt auch in Situationen gerieten, in denen wir mit Menschen zusammenarbeiten müssten, deren Sprache wir nicht sprächen. Amelie sagt, dass sie aber schon seit ein paar Monaten Hebräisch lernt. Noa notiert das.

Ich bekomme Steffen als Partner zugeteilt, wir bauen das Ding mit Todesverachtung zusammen, ohne uns dabei auch nur anzuschauen, und Noa lobt unsere intuitiven Fähigkeiten. Wir hätten uns super aufeinander eingestellt, findet sie.

Die beiden Rollkragenpullover hingegen konnten sich nicht

einigen, sondern haben jeder eine eigene Brücke gebaut, und Amelie ist schon wieder verzweifelt, weil Noa nicht gut basteln kann und die Brücke deswegen eingestürzt ist.

»Es ist doch nur ein Spiel«, entschuldigt sich Noa, aber Amelie rennt schon wieder raus.

Dann müssen wir eine Karte ziehen.

»Da steht ein Thema drauf, mit dem ihr in Israel sicherlich konfrontiert werdet. Ihr sollt dazu einen kleinen Dialog improvisieren, euch eine Alltagssituation ausdenken, in der dieses Thema auftauchen könnte.«

Steffen und ich ziehen den Hauptgewinn: den israelisch-palästinensischen Konflikt.

Wir haben fünf Minuten Zeit, uns vorzubereiten.

»Ich hasse dich«, sagt Steffen, als wir gemeinsam vor der Tür stehen.

»Ich hasse dich auch«, sage ich.

»Damit ist ja alles gesagt.«

»Damit ist alles gesagt«, antworte ich, aber dann fällt mir doch noch etwas ein.

»Hast du eine Zigarette?«

»Fick dich.«

»Heißt das Ja oder Nein?«

»Ja.«

»Danke.«

»Arschloch.«

Es wird ein beeindruckender Auftritt, weil wir uns sehr gut mit unseren Rollen identifizieren können.

Zumindest anfangs, später haben unsere Zuschauer Schwierigkeiten, der Argumentation zu folgen, obwohl die Darstellung zunehmend intensiver wird.

»Ich war zuerst da«, beharre ich, weil ich die palästinensische Seite spiele und weil es auch sonst stimmt. Noa nickt zustimmend. »Schon in der Unterstufe«, füge ich hinzu, Noa runzelt die Stirn, und deswegen erzähle ich schnell irgendeinen Quatsch von einem Olivenhain, den schon mein Urgroßvater bewirtschaftet habe, bis uns Steffen mit Gewalt aus unserem Dorf vertrieben habe.

»Hä?«, fragt Steffen, er ist nämlich nicht so fix. »Reden wir jetzt vom Dorf oder vom Hain?«

Wir reden von Rieke, du Vollidiot, denke ich, sage aber nichts.

»Er beruft sich auf die Geschichte«, hilft Noa aus, aber Steffen steht immer noch auf der Leitung.

»Geschichte!« blafft er. »Das ist, wenn überhaupt, meine Geschichte.«

»Sehr gut!« sagt Noa und ich meckere, dass sie mal lieber unparteiisch bleiben solle.

Noa sieht das ein.

Steffen behauptet, dass ich keinen Besitztitel für den Hain habe und mich widerrechtlich dort aufhalte.

»Sagt wer?«, brülle ich.

»Der Hain«, brüllt Steffen zurück.

Noa greift ein und meint, dass man einen Olivenhain schlecht dazu befragen könne, aber diesen Einwand können wir beide nicht gelten lassen.

»Überhaupt Besitztitel«, sage ich, »es geht hier doch nicht um deinen Privatbesitz, du Arsch.«

Ein Olivenhain könne sich sehr wohl in Privatbesitz befinden, mischt sich Noa schon wieder ein, aber das lasse ich nicht gelten. Steffen blinzelt mich böse an.

»Dieser Scheißhain war nicht meine Idee, wir können gerne über etwas anderes reden.«

»Nee, bleibt ruhig mal bei eurer Grundidee«, sagt Noa.

Wir stöhnen beide auf.

Steffen behauptet daraufhin, der Hain sei ihm schon in der Bibel versprochen worden. Ich lache höhnisch.

Es folgt ein etwas surreales Intermezzo, in welchem wir beide im Namen des Hains den jeweils anderen schlimmster Verbrechen bezichtigen, dazu gehören Völkermord, Terrorismus und Rumknutschen.

Steffen behauptet sogar irgendwann ernsthaft, ich hätte seinen Hain geschändet.

Da war nichts, ich habe keinen Halm geknickt, sage ich.

Blödsinn, brüllt Steffen, er könne weiß Gott fremde Oliven von eigenen unterscheiden.

Ich habe keine Ahnung, was du damit meinst, schreie ich.

Ich auch nicht, schreit Steffen, diese Metaphernscheiße bringt mich total durcheinander.

Ob das jemand mal zusammenfassen könne, fragt Noa schließlich. Sie komme da nicht mehr ganz mit.

Amelie meldet sich und erklärt, dass jemand auf der Stufenfahrt vor einem Jahr einen betrunkenen Hain geschändet habe, was von israelischer Seite als Terrorismus aufgefasst, von palästinensischer Seite hingegen zwar prinzipiell als Gewohnheitsrecht bzw. günstige Gelegenheit interpretiert, im speziellen Fall aber energisch bestritten werde.

Wir nicken beide. Genau so war's.

Noa guckt ratlos, befindet unseren Auftritt dann aber für »interessant« und bittet uns zurück auf unsere Plätze. Wir sind aber noch lange nicht fertig miteinander.

Steffen beschließt, den Disput körperlich weiterzuführen, vermutlich hat er Angst, sich wieder in unpassenden sprachlichen Bildern zu verheddern, und deswegen versucht er es mit einer Kopfnuss, die mich gänzlich unvorbereitet trifft. Wir knallen mit den Stirnen zusammen und halten uns anschließend beide die Schädel.

Amelie wird später sagen, dass es die albernste Schlägerei gewesen sei, die sie je gesehen habe, und weil ich mich nicht wirklich gut erinnern kann, muss ich mich auf ihre Rekonstruktion verlassen, wenn die Affäre auch insgesamt heroischer gewirkt haben mag.

Gewalt ist die Zuflucht der Schwachen, sagt man ja immer. Ich habe das schon in der Grundschule gelernt und dieses Basiswissen in Sozialkunde und Konfirmandenunterricht regelmäßig auffrischen lassen, aber es blieb doch eine theoretische Annahme, weil mir die angebliche Zuflucht der Schwachen mangels Gelegenheit und Temperament bisher unbetretbar schien, jedenfalls bis ich Steffen kennenlernte.

Ich erinnere mich bloß noch, in Erwägung gezogen zu haben, mit der Faust zurückzuschlagen, weil man das im Allgemeinen wohl so macht, konnte mich aber wegen dieser verdammten Empathie nicht dazu durchringen. Das muss doch höllisch wehtun, fiel mir ein, außerdem bricht er sich dann was im Gesicht, die Nase oder das Jochbein.

»Ist das Jochbein eigentlich im Gesicht?«, habe ich dann Steffen gefragt, weil ich es wirklich nicht wusste. Seines Wissens sei das Jochbein Teil des Ellenbogens, mutmaßte Steffen und wollte wissen, was das jetzt zur Sache tue.

Er hat sich aber geirrt, weiß ich heute, weil ich es danach zu Hause nachgeschlagen habe. Das Jochbein befindet sich seitlich der Augen, ich dagegen habe ihn knapp unter dem Stirnbein erwischt. Schon wieder.

Mit der halb geöffneten Faust, als Kompromiss gewissermaßen, habe ich ihm direkt auf das linke Auge gehauen, weil ich Angst hatte, die Nase zu erwischen. »Direkt auf die Zwölf«, wie es Amelie in der Nachbereitung ausführte.

Eigentlich gar nicht schlecht fürs erste Mal, wurde mir später von Amelie bestätigt, aber Steffen blieb stehen, taumelte nicht einmal, sondern schaute mich bloß erstaunt an, bis er sich in Zeitlupe an das zuschwellende Auge griff.

Ich muss wohl genauso stier herumgestanden haben, erinnere mich aber bloß, höchst verdattert »Entschuldigung« gemurmelt und meinem Gegner ein Taschentuch gereicht zu haben, worauf dieser wiederum zum Gegenangriff überging, mich umständlich in den Schwitzkasten zu nehmen versuchte, den ich jedoch zu parieren wusste, so dass wir uns in einem etwas robust getanzten Klammerblues wiederfanden, dem uns Amelie schließlich heldenkühn entwand.

Amelie, stellte sich heraus, macht seit ihrem zehnten Lebensjahr Kampfsport, ihre Eltern haben sie damals angemeldet, weil es um ihr Selbstbewusstsein nicht so gut bestellt war. Und weil Amelie alles, was sie tut, mit großer Gewissenhaftigkeit macht, hat sie zwar immer noch kein Selbstbewusstsein, aber einen Haufen schwarzer Gürtel zu Hause und brachte uns beide mit einem Handgriff zu Boden, was ihr erstens die uneingeschränkte Anerkennung und Sympathie Noas und in der Folge natürlich auch den letzten freien Platz im isrealischen Freiwilligenprojekt einbrachte.

Ich habe eine Ansichtskarte, die das bezeugen kann: »Mein Leben begann mit euch«, schreibt Amelie, die heute eine florierende Agentur für Personenschutz in Tel Aviv betreibt. »Vorher war ich bloß ein verschrecktes Ding mit Schnittlauchhaaren.«

Wir, Steffen und ich, sollten erst mal unsere eigenen Probleme klären, sagt Noa zum Abschied. Dann schmeißt sie uns raus.

3 Der Fluss schwappt träge herum und hat Mundgeruch. Den hat er zu dieser Jahreszeit immer, weil der Wasserspiegel fällt und am Ufer einen Saum öligen Schlicks hinterlässt, der mit jeder Welle aufgewühlt wird, die sich zwischen den steinernen Kribben aus Wackersteinen bricht. Es ist kurz vor drei, die Morgenröte schickt einen schwachen Schein über den Horizont, bald bricht schon wieder der Tag an, dabei ist es in der Nacht kaum abgekühlt.

Steffen und ich stehen beide auf der falschen Seite des Brückengeländers. Ich habe Höhenangst.

Hinter uns, auf der anderen Seite des Geländers, steht Rieke und schreit.

Steffen schaut mich an, er sagt: »Scheiß drauf« und springt dann.

Ich springe auch. Irgendwie bin ich ihm das schuldig. Oder Rieke. Oder mir.

Ich will mich aber nicht umbringen, das will bloß Steffen.

Ich dagegen habe keine Ahnung, was ich hier gerade mache.

Immerhin habe ich keine Höhenangst mehr.

Die Chancen stehen nicht schlecht. Den Aufprall auf das Wasser überlebt man sicher, aber dann wird man leicht von den Verwirbelungen an den Pfeilern heruntergezogen, habe ich gehört. Wenn man an diesen Strudeln unbeschadet vorbeikommt, kann man sich langsam mit der Strömung zum Ufer vorarbeiten, allerdings nur, wenn man vorher nicht von einem Schubverband erwischt wird. Es ist aber keiner zu sehen, außerdem ist einer von uns beiden Rettungsschwimmer. Das wird schon gutgehen, denke ich, während die dunkle Fläche näher kommt. Sie sieht schwarz und klebrig aus, wie Rübensirup.

Rieke hatte angerufen: »Er will sich umbringen«, hat sie geschrien, und ich bin sofort losgefahren.

»Sie hat Schluss gemacht«, setzte mich Steffen sofort ins Bild, und da stand er schon auf der falschen Seite des Geländers.

Na endlich, denke ich und schäme mich nicht mal deswegen.

Ich schaue hinunter zum Fluss. Von oben sieht es gar nicht so hoch aus.

»Du bist Rettungsschwimmer, das überlebst du«, sage ich zu Steffen.

»Darum geht es hier doch gar nicht«, meint Rieke.

»Ich dachte, er will sich umbringen. Das sind aber höchstens zehn Meter.«

»Es sind fünfzehn«, sagt Steffen.

Er krallt sich ins Geländer und sieht ernsthaft verzweifelt aus. Rieke hat ihre Hände in seine Jacke gekrallt und sieht genauso verzweifelt aus.

Ich stehe daneben und sehe allerhöchstens überfordert aus.

Wahrscheinlich musste es so kommen. Für eine komplizierte Dreiecksgeschichte sind wir einfach nicht geschaffen. Rieke ist als Ilsa Lund schon ziemlich fehlbesetzt, aber ihr Freund als Victor László und ich in der Rolle des Rick Blaine liefern eine noch erbärmlichere Vorstellung ab.

Das hier ist eben nicht Casablanca.

»Es tut mir leid«, sage ich deswegen. »Ich hätte nicht jahrelang deine Freundin anbaggern sollen. Es war falsch, das sehe ich jetzt ein.«

Was rede ich denn da? Egal.

Jetzt ist wahrscheinlich die beste Gelegenheit, reinen Tisch zu machen, vielleicht überlebt es Steffen wirklich nicht und deswegen entschuldige ich mich für alles. Es wird eine lange Liste, aber immerhin erfahren wir interessante Dinge übereinander.

Rieke und ich können uns beim besten Willen nicht mehr daran erinnern, ob wir auf der Stufenfahrt rumgemacht haben oder nicht.

Ist ja auch egal, sagt Rieke. Das finde ich überhaupt nicht.

Es war Steffen, der mich mehrmals wegen Ruhestörung angezeigt hat, obwohl er am anderen Ende der Stadt wohnt. Dafür habe ich Hundescheiße durch sein offenes Fenster geworfen.

Rieke hatte in der Zwischenzeit was mit Tante Matthes.

Außerdem geht sie überhaupt nicht nach Israel, weil sie den Bewerbungstermin verschlafen hat, aber das wollte sie Anne gegenüber nicht zugeben.

Wir gehen auch nicht in den Kibbuz, weil wir uns beim Bewerbungstermin geprügelt haben.

»Ich hab alles versucht, aber du liebst mich nicht mehr«, sagt Steffen schließlich zu Rieke.

»Ich hab alles versucht, aber sie liebt mich eh nicht«, sage ich zu Steffen.

»Ich hab alles versucht«, sagt Rieke zu uns beiden, »aber ich halte es mit keinem von euch aus.«

Damit ist eigentlich alles gesagt. Wir könnten nach Hause gehen.

Jemand müsste halt den Anfang machen.

Aber Steffen hat es immer noch nicht kapiert. Andererseits: Wenn ich es kapiert hätte, wäre ich ja als Erster gegangen. Nach Hause, in ein neues Leben oder so. Immerhin ist die Schule vorbei und ich muss Rieke nicht mehr jeden Tag sehen. Da blüht man doch auf, geht hinaus in die Welt, heißt es doch immer. Aber mein Leben interessiert mich nicht, mich interessiert nur eins, und es ist Steffen, der es wieder anspricht. Obwohl wir beide die Antwort längst wissen.

Schließlich hat Rieke es gerade gesagt. Wir wollen es trotzdem noch einmal hören.

»Du musst dich jetzt mal endgültig entscheiden«, sagt Steffen zu Rieke, aber er schaut mich dabei an. Es geht nämlich längst nicht mehr um Rieke, es geht nur noch um Steffen und mich.

Wir halten den Atem an, die Welt natürlich nicht. Der Fluss fließt stinkend weiter, die verhaltensgestörten Möwen kreischen über unseren Köpfen herum. Wegen der Straßenbeleuchtung ist für sie immerwährender Tag und das macht sie vollkommen kirre.

Sie rufen sogar: »Kirre«. Immer wieder.

Rieke rudert mit den Armen, als wolle sie losfliegen. Will sie wahrscheinlich auch, kann sie aber nicht. Irgendwann öffnet sie den Mund, aber es kommt zuerst nichts heraus, und was dann schließlich herausgellt, ist nicht ihre Stimme, es klingt höher und viel schriller. Rieke ist eine dieser hysterischen Möwen geworden. Irgendwas hat sie verrückt gemacht.

Sie schreit, dass sie echt nicht mehr weiß, was sie noch machen soll. Sie will einfach nur noch weg, weil sie uns satthat. Sie hat es satt, jeden Morgen aufzustehen und überlegen zu müssen, was wir beiden Idioten als Nächstes anstellen würden. Wir nähmen ihr die Luft zum Atmen, schreit sie, und von ihr aus sollten wir doch beide springen, das seien ja nur zehn Meter, ihrethalben auch fünfzehn, mit etwas Glück überlebten wir das schon und würden rausgefischt. Aber dann sei sie hoffentlich schon über alle Berge und wenn schon nicht in Israel, dann wenigstens irgendwo anders – wo, das sei ihr mittlerweile scheißegal.

»Hauptsache weg von euch beiden Clowns«, brüllt sie.

Da bin ich dann auch auf die andere Seite des Geländers geklettert.

Aber Steffen ist, wie gesagt, zuerst gesprungen, ich wollte ihn bloß nicht alleinelassen und vielleicht auch Rieke eins auswischen.

Unsinn. Der Wettkampf war noch nicht vorbei und ich wollte auf keinen Fall verlieren.

Was für eine Scheißidee, ist mein letzter Gedanke, dann trifft mich das Wasser wie eine Dampframme. Es rauscht in meinen Ohren, mein ganzer Körper brennt, ich sacke in die Tiefe, der Druck schmerzt erst im Kiefer und schließlich im ganzen Kopf.

Dann wird alles still.

An dieser Stelle würde man nun die inspirierende Schilderung einer Nahtoderfahrung erwarten. Ich hätte über eine lichte Blumenwiese schreiten können, oder durch einen dunklen Tunnel zu einem grellen Licht schwimmen können, verstorbene Verwandte mit silbrigem Haar hätten mich gütig lächelnd empfangen, mir sanft ihre Hand auf die Schulter gelegt und sagen können: »Junge, es ist noch zu früh. Du bist noch nicht an der Reihe.«

Da war aber nichts. Gar nichts. Es war bloß kalt, dunkel und nass. Ich kann mich an jede Einzelheit erinnern, an das brackige Wasser, das sich durch Lippen und Nase drückte, an mein Hemd, das sich wie ein Fallschirm über meinem Kopf aufblähte und mir schließlich von den Armen gerissen wurde.

Sonst war da nichts, außer mir und dem Wasser. Ich saß mutterseelenallein in meinem Körper, der sich von den Wassermassen oder vom Aufprall furchtbar gequetscht anfühlte, und dachte: »Guck mal an. Jetzt bist du Vollidiot doch echt von der Brücke gesprungen. Mann, Mann, Mann.«

Mehr habe ich nicht gedacht. Das ist leider wahr. Kein plötzliches Aufblitzen von Lebensweisheit, keine philosophische Erkenntnis unter akuter Lebensgefahr, keine kathartische Wende. Nichts, was sich heute gewinnbringend als Läuterung vermarkten ließe. Natürlich drehe ich es mittlerweile doch so hin, aber nur, weil die Leute so enttäuscht sind, wenn man ihnen Grenzerfahrungen ohne Pointe serviert. Sie drehen sich dann um und reden lieber wieder über den Film, den sie gerade gesehen haben. Ich sage dann immer, dass ich dort unten erstmals echten, unbändigen Lebenswillen verspürt hätte, aber nicht einmal das stimmt.

Ich habe einfach angefangen, Schwimmbewegungen zu machen, und war irgendwann wieder oben.

Natürlich bin ich in den Nährungsstrom zwischen den Pfeilern geraten, wir sind nämlich blöderweise von der flussaufwärts gelegenen Seite gesprungen und das sollte man nur tun, wenn man wirklich ertrinken will. Der Sprung ist, wie gesagt, nicht das Problem.

Und als ich dann von den biestigen Strudeln hin und her geworfen wurde, muss ich wohl wirklich um mein Leben gekämpft haben, aber es war keine besonders intensive Erfahrung, ich war physisch viel zu herausgefordert, um Angst zu haben. Ich habe einfach versucht, oben zu bleiben.

Ich werde gegen die glitschige Betonwand der Brückenpfeiler gedrückt, wieder hinuntergezogen und komme am anderen

Pfeiler wieder hoch, dann erfasst mich die Hauptströmung, ich kämpfe mich irgendwann in Richtung Fahrrinne vor und lasse die Brücke hinter mir.

Dort stoße ich mit einem Baumstamm zusammen und will mich festhalten. Es ist aber bloß Steffen und der geht sofort wieder unter. Steffen ist halb bewusstlos, dabei ist er hier der Rettungsschwimmer. Ich habe den Kurs doch abgebrochen, als Rieke nicht mehr hinwollte. Aber ich kann ihn ja schlecht ertrinken lassen, deswegen kratze ich alles Wissen aus drei Stunden DLRG-Kurs und einer Staffel Baywatch zusammen.

Ich wechsle in die Rückenlage, packe Steffen am Kinn, hebe seinen Kopf aus dem Wasser und lasse mich weiter von der Brücke wegtreiben. In der Mitte des Stroms ist eine Leuchtboje vertäut, man kann sie von der Brücke aus sehen. Sie ist ziemlich groß, hat eine Leiter, die ins Wasser führt, und einen Schwimmkörper, der genug Fläche für zwei Personen bieten müsste.

Wenn wir es bis dahin schaffen. Steffen ist ziemlich schwer, und im Fernsehen sieht sowas ja immer leichter aus.

Steffen beginnt sich wieder zu regen und will wissen, was denn passiert sei.

»Du bist in der Hölle und ich bin dein Sachbearbeiter«, sage ich und denke: Scheiße.

Hört das denn nie auf? Muss ich dem Kerl wirklich jedes Mal einen reinwürgen?

Er reißt sich los, bekommt einen Schwall Wasser in den Mund und gurgelt eine Antwort, die er später nicht wiederholen mochte. Später, als er zugeben muss, dass ich ihm das Leben gerettet habe. Ich lasse ihn los und wir schaffen es beide ziemlich problemlos zur Boje.

»Scheiße«, sagt Steffen, als er sich aus dem Wasser gewuchtet hat.

»Scheiße«, sage ich und lasse mich neben ihn fallen.

Im Gegenlicht sehen wir Rieke auf der Brücke stehen, sie fuchtelt wieder mit den Armen herum und schreit etwas, aber wir verstehen sie nicht.

Erst als der Druck in den Ohren und das Brummen im Schädel nachlassen, hören wir wieder und brüllen zurück.

Ja, es geht uns gut.

Nein, wir sind nicht verletzt.

Ja, wir sind wahnsinnig.

Nein, sie soll nicht die Polizei rufen.

Bloß nicht.

Was sollen wir der denn erzählen? Oder unseren Eltern. Oder sonstwem.

»Wir bleiben hier erstmal sitzen«, ruft Steffen, »irgendwas ergibt sich schon.«

Ich nicke. Der Plan ist so bescheuert, er hätte von mir sein können.

»Und ich?« schreit Rieke zu uns herüber. »Was ist mit mir? Was mache ich denn jetzt?«

Wir zucken beide mit den Schultern.

Sie tut mir leid, wie sie da steht, mit diesem fassungslosen Blick, den man sogar von hier aus erkennen kann. Aber das Einzige, was wir für sie tun können, ist, dass wir nichts mehr für sie tun. Das sollte mittlerweile klargeworden sein.

»Es tut mir leid!« ruft Steffen.

»Mir auch!«, rufe ich.

Rieke hebt die Hand, so als wolle sie zum Abschied winken, lässt sie dann aber wieder sinken und geht. Zwei Wochen später hat sie dann schon in Hamburg gewohnt.

Ich glaube, wir haben den Absprung geschafft, will ich sagen, aber das lasse ich lieber, und so verstreicht zum ersten Mal ein schlechter Witz ungenutzt. Ich fühle mich prompt geläutert.

Aber das ist bloß die Erleichterung, weil es endlich vorbei ist: Wir können einfach nicht mehr, Steffen würgt ein bisschen Wasser hervor und mir läuft die Rotze aus der Nase.

Erst später, als Steffen und ich rücklings auf der Plattform liegen und das Wasser gegen den Hohlraum des Schwimmkörpers pluckern hören, kommt die Angst zurück. Sie hat sich als Erschöpfung getarnt. Meine Beine beginnen zu zucken, meine Lippen werden blau, obwohl es wirklich nicht kalt ist, mein Herz pumpt wie verrückt und ich befürchte, ohnmächtig zu werden.

Steffen geht es ähnlich und wir fassen uns an den Händen, damit wir nicht wieder ins Wasser rutschen. Wir liegen nebeneinander und starren in den blassrosa Streifen, der sich immer weiter durch das milchige Grau des frühen Morgens zieht.

Und schließlich beginnen wir tatsächlich miteinander zu reden. Wenn ich jetzt daran zurückdenke, fällt mir auf, dass es kein besonders tiefsinniges Gespräch gewesen ist, obwohl es sich so angefühlt hat, aber in jenem Moment war viel der Atmosphäre geschuldet. Wenn du deinem Lieblingsfeind alles angetan hast, was so ging, und dann schließlich im Morgengrauen auf einer schwankenden Boje zu liegen kommst und dich vor Erschöpfung nicht mehr rühren kannst, dein Körper dir also sagt, dass hier, und zwar genau hier, das Ende dieses Wegs erreicht ist, dass es keinen Schritt mehr weitergeht, dann bekommt jedes Wort eine Wichtigkeit, die man sonst vergeblich sucht. Besonders, wenn es dem anderen genauso geht.

Das kann man nicht aufschreiben. Nur soviel: Es war nicht der Beginn einer wunderbaren Freundschaft. Wir haben vielmehr beschlossen, uns für den Rest unseres Lebens aus dem Weg zu gehen.

Ein Typ mit Motorboot hat uns dann aufgefischt. Unser Kanu sei gekentert, haben wir ihm erklärt, und ja, es sei Alkohol im Spiel gewesen. Deswegen bitte bloß am Ufer absetzen und Stillschweigen über die Angelegenheit bewahren. Das hat er dann auch gemacht, bei ihm war nämlich auch Alkohol im Spiel, das hat man gerochen.

Welche Uferseite, hat er noch gefragt, und Steffen und ich haben in verschiedene Richtungen gezeigt. Egal, haben wir gesagt, und das hat auch gestimmt.

4

»Guck mal«, sagt Tante Matthes und zeigt nach draußen, »da läuft deine Stehlampe.«

Wir sitzen mit meiner gesamten Inneneinrichtung in der Straßenbahn und ziehen um, aber das hätten wir lieber nicht kurz nach Ladenschluss machen sollen. Die Bahn ist überfüllt und die Leute sind noch immer auf der Suche nach Schnäppchen.

Eigentlich ist es mir egal, von mir aus können die mein komplettes Kinderzimmer übernehmen, aber es wäre schön, wenn die Leute fragten, bevor sie etwas mitnehmen.

Die Straßenbahn rumpelt um die Kurve und mein Kleiderschrank droht umzukippen, ich stemme mich dagegen, dabei klappt die Tür auf und einer Frau mitten ins Gesicht. Sie schreit uns an, was uns einfalle, dabei hat sie die ganze Zeit gelauscht, sie sollte also wissen, warum wir hier sind.

Wir sind hier, weil Matthes keinen Motorrad-Führerschein hat, weil sein Mitbewohner, der einzige offizielle Mieter seiner alten Wohnung, ihn rausgeworfen hat und weil er Priscilla kennengelernt hat.

Wir sind hier, weil ich nicht mehr bei meinen Eltern wohnen und überhaupt mein Leben in die eigene Hand nehmen möchte. Oder muss.

Außerdem sind wir hier, weil Oma Wittrichs Sohn gestorben ist. Er ist zwar schon seit fünfzehn Jahren tot, aber Matthes hat es erst jetzt herausgefunden.

Matthes fährt nämlich neuerdings, seit er sich einen Zivi-Job gesucht hat, Essen für die Arbeiterwohlfahrt aus und zu seinen Kunden gehört eben auch Oma Wittrich.

»Sie ist nett, du wirst sie mögen«, erklärt er.

»Weiß sie, dass wir bei ihr einziehen?«

»Sie hat mich darum gebeten, Mann«, sagt Tante Matthes.

Ich nicke. Vielleicht stimmt es ja wirklich.

»Verrückt«, sagt Matthes, »eigentlich wollte ich um diese Zeit in Mali sein, ich hatte schon alles haarklein geplant, die Route und so.«

»Du hattest bloß vergessen, dass du gar nicht Motorrad fahren kannst.«

»Ach, das hätte ich schon gelernt, auf dem Weg. In Afrika braucht man eh keinen Führerschein.«

Ich nicke. Vielleicht stimmt es ja wirklich. Seit er die Schule abgebrochen hat, erzählt Matthes von seiner großen Afrika-Tour, und seit wir anderen Abi gemacht haben, ist es noch schlimmer geworden.

Viele aus unserer ehemaligen Stufe beschäftigen sich gerade mit großen Reiseplänen, aber die meisten reden nur davon und suchen sich stattdessen doch ein Praktikum im Medienbereich. Bloß Bernd hat geschwiegen und erst vom Flughafen in Sydney aus Bescheid gesagt, dass er jetzt zwei Monate in Australien ist.

Das hat Matthes tief getroffen, er findet es schwierig, wenn andere wagemutigere und verrücktere Dinge tun als er selber. Er hat dieses Bild von sich im Kopf, auf dem er breitbeinig auf einem Berg steht, den er gerade als Erster bestiegen hat, und in den Sonnenuntergang grölt. Und jetzt ist ausgerechnet Bernd als Erster auf diesem Gipfel gewesen, und damit hat die Sache für Matthes ihren Reiz verloren.

Danach hat er sich trotzdem ein paar geländegängige Maschinen angeschaut, die er in einem Anzeigenblatt gefunden hatte, und ich dachte kurz, er macht es wirklich, aber dann hat er Priscilla kennengelernt und damit einen akzeptablen Grund gefunden, die Reise abzublasen. Priscilla kommt aus L.A., und jetzt ist sie Tante Matthes' Auslandsaufenthalt.

Ich wünschte trotzdem, er würde wieder von Afrika reden, denn Matthes ist wieder bei seinem Lieblingsthema angekommen: Sex mit Priscilla.

Es läuft sehr gut mit den beiden.

»Boah«, brüllt er durch die Bahn, »Pimmel wundgefickt.«

Die Frau, in deren Gesicht meine Schranktür gelandet war, wird rot und reckt den Kopf vor, um besser zu hören, denn Matthes beginnt jetzt, die schmutzigen Details episch auszubreiten.

Die kenne ich aber schon, weil ich in den letzten Wochen oft bei Matthes übernachtet habe und er sehr stolz auf seinen neugewonnenen pornografischen Wortschatz ist. Sein Englisch ist wirklich viel besser geworden.

Er brüllt Sätze wie »Fuck me harder« und »I'll come on your

tits« mit der berserkerhaften Leidenschaft eines Iggy Pop durch die Gegend, und einmal hat er tatsächlich sogar »I wanna be your dog« gerufen, aber Priscilla scheint es zu gefallen, zumindest pflegt sie mit einem schrillen »Yeah, give it to me« oder so zu antworten. Es geht zu wie auf einem Pornodreh, und eigentlich stört es mich, weil es total überinszeniert klingt, aber ich hole mir meist trotzdem auf dem Klo einen runter, weil ich sonst erst recht nicht einschlafen kann.

Matthes erzählt von Oma Wittrichs Einliegerwohnung, die seit dem Tod ihres Sohnes unbewohnt ist.

»Sie ist voll möbliert, wir brauchen den ganzen Scheiß eigentlich gar nicht.«

Matthes zeigt auf meine Sachen.

»Na ja«, sage ich und hechte zur Tür, um ein paar Jungs meinen Ficus zu entwinden. »Es ist ja auch kaum noch was übrig.«

Matthes hat bloß eine Zahnbürste und ein paar CDs, weil sein Mitbewohner das Schloss hat auswechseln lassen. Irgendwie hat Matthes wohl keine Miete mehr bezahlt, dabei hat er immer Geld.

Als wir an der Haltestelle angekommen sind, helfen uns zwei angetrunkene Polen beim Ausladen, bis der Fahrer sich aus dem Führerstand lehnt und brüllt, dass wir jetzt endlich die Türen freimachen müssten, sonst würde er die Polizei holen.

»Ficke dich«, brüllen die Polen und werfen eine leere Bierdose nach ihm.

Ich schenke den beiden meinen Sessel für ihre Hilfe.

Sie wollen lieber meine Gitarre haben, aber die kriegen sie nicht.

Sie würden auch immer Sperrmüll sammeln gehen, erzählen sie, aber sie hätten einen Transporter, das sei praktischer.

Matthes kichert, ich sage nichts dazu und wende mich meinen Habseligkeiten zu. Bis auf die Stehlampe und den Sessel fehlt nichts, aber jetzt müssen wir einen Teil an der Haltestelle zurücklassen, weil wir nicht alles auf einmal tragen können.

Die Polen bieten uns ihre Hilfe an, aber Matthes meint, das würde Oma Wittrich irritieren. Sie habe manchmal Angst vor Fremden.

Als die beiden weg sind, erklärt er, dass man Oma Wittrich nicht mit Polen kommen dürfe, da werde sie fuchsteufelswild, weil sie damals aus Schlesien vertrieben worden sei, aber sonst sei sie eine Herzensgute. »Eine ganz eine Liebe«, sagt er auf Bayerisch.

Na dann, sage ich und schultere meine Matratze. Als Matthes meinen Kleiderschrank nehmen will, fällt der auseinander.

»Ikeaschrott«, sagt Matthes und wirft die Bretter an den Straßenrand.

Ich werde wütend, weil das immerhin meine Sachen sind, aber Matthes rollt mit den Augen.

»Du musst auch mal loslassen können«, sagt er. »Du hast immer Angst, dass du etwas verlieren könntest, auch wenn es bloß Schrott ist. Das ist nicht gut für dich, Mann.«

Pah, denke ich, loslassen können. Ich kann loslassen. Ich habe Rieke nach Hamburg ziehen lassen. Ich bin frei. King of my castle. In meiner Badewanne Kapitän. Ich wünschte, ich wäre glücklicher. Vielleicht werde ich ohne meinen alten Schrank glücklicher sein.

Wir schleppen den Kram die moosbewachsene Auffahrt hinauf und stellen ihn vor dem Haus von Oma Wittrich ab. Es ist ein kleines Fünfziger-Jahre-Haus mit falscher Klinkerverkleidung und Tüllgardinen hinter den Fenstern.

»Es sieht genauso aus wie das Haus meiner Eltern«, stelle ich fest. Sehr ernüchtert stelle ich das fest. Andererseits, was hatte ich erwartet?

»Dann musst du dich ja nicht mal umgewöhnen«, sagt Matthes.

Dabei ist das der Sinn der ganzen Übung. Aber das erkläre ich Matthes nicht. Das würde er nicht verstehen. Außerdem darf man nicht allzu wählerisch sein, wenn man keine Miete zahlen kann.

Als wir zurückkehren, stehen meine übrigen Sachen noch vollzählig an der Haltestelle. Es sind sogar ein paar neue dazugekommen. Jemand hat einen kaputten Fernseher, ein altes Damenrad und einen wackligen Schrank dazugestellt.

Matthes tritt gegen den Schrank.

»Der ist besser als dein alter«, sagt er und beschert mir gleich darauf einen weiteren Karfunkelstein selbstgeschürfter Philosophie. Es ist ein Schrankgleichnis, das davon handelt, dass irgendein bekiffter Weltgeist jene, die freiwillig dem Anspruch auf weltlichen Besitz entsagten, mit weitaus prächtigeren Gütern belohne.

»Seht die Vögel unter dem Himmel an. Sie säen nicht, sie ernten nicht, sie sammeln nicht in die Scheunen und euer himmlischer Vater ernährt sie doch«, antworte ich.

»Was ist das?«

»Mein Konfirmationsspruch.«

»Im Ernst?«

»Nein, ich habe Psalm dreiundzwanzig wie alle anderen. Aber den fand ich immer besser.«

»Eine herrliche Arbeit«, sagt Matthes zärtlich zu dem Möbel und fährt mit dem Finger über den staubigen Kellerschrank. Man müsste ihn abschleifen und wahrscheinlich ist der Holzwurm drin, aber er ist immerhin aus Massivholz und hat sogar einen geschnitzten Fries am Aufsatz. Matthes hat Recht. Er ist viel schöner als mein alter.

»Seit wann bist du eigentlich mein Guru?«, gifte ich zurück, weil ich nicht zugeben will, dass Matthes schon wieder Recht hat, obwohl er viel bescheuerter ist als ich. Das ist doch albern, sowas.

»Manche haben es eben drauf«, sagt er und schnappt sich das Fahrrad und den Koffer mit meinen Klamotten. Ich lade die Kiste mit den Büchern in meinen neuen Schrank und wuchte ihn auf die Sackkarre.

Immerhin haben meine Eltern mir die Sackkarre geliehen, das Auto habe ich nämlich nicht bekommen, weil sie sehr gegen diesen Umzug sind. Dabei habe ich ihnen nicht mal die Hälfte erzählt, weil ich erstens heute morgen noch nicht wusste, dass in unserem neuen Zuhause eine Oma Wittrich wohnt, und weil ich es dann zweitens erst recht nicht erzählt hätte.

Aber es hat meinen Eltern schon vollkommen gereicht, dass ich mit Matthes zusammenziehen will. Für diese Schnapsidee dürfe ich keine Bürgschaft von ihnen erwarten, haben sie gesagt und damit war die Sache für sie erledigt.

Brauch ich nicht, eure Scheißelternbürgschaft, habe ich gebrüllt und bin aus dem Haus gestürmt und so lange um den Block marschiert, bis meine Eltern zur Arbeit gefahren waren.

So wie es aussieht, brauche ich sie wirklich nicht, weil wir gar keine Miete zahlen. Aber das geht weit über den Horizont meiner Eltern hinaus.

Über meinen auch, wenn ich ehrlich bin.

Nur Matthes ist kein bisschen erstaunt.

»Sie freut sich total«, sagt er vergnügt, als wir wieder vor dem Haus stehen

»Ach, übrigens, sie nennt mich Helmut.«

»Wer ist Helmut?«

»Das war ihr Sohn.«

»Scheiße.«

Matthes zuckt mit den Schultern.

»Yeah. Whatever«, sagt er. Das sagt Priscilla auch immer.

5

»Helmut!«, brüllt es von unten.

Oma Wittrich nennt uns beide Helmut, deswegen wissen wir nie genau, wer von uns beiden jetzt gemeint ist. Aber es ist auch egal. Zumindest Oma Wittrich ist es egal. Matthes und mir nicht so ganz.

»Du bist dran«, ruft er aus seinem Zimmer. »Ich war gestern.«

»Das war letzte Woche«, rufe ich zurück.

Ich sitze auf dem schwarzen Kunstledersofa des echten, verblichenen Helmut und schaue mir zum zwölften Mal »Unser Doktor ist der Beste« an. Es ist die einzige Kassette, die wir in Helmuts Wohnung gefunden haben.

Helmut hat sich den Videorekorder vermutlich kurz vor seinem Tod angeschafft, dabei aber auf das falsche System gesetzt, denn bekanntlich hat ja VHS gesiegt. Danach ist er mit dem Alpenverein in die Dolomiten gefahren und hat sich von einer Wespe in den Gaumen stechen lassen, woran er erstickt ist. Helmut hatte ganz offensichtlich eine Pechsträhne in diesem Sommer. Und deswegen haben wir nur diesen einen Film.

Allerdings haben wir auch seine Wohnung. Und seine Möbel. Und sein Geschirr. Es ist braun glasiert und mit großformatigen Blumen in Orange verziert.

Matthes kommt zurück ins Wohnzimmer.

»Ist der nicht geil?«, fragt er, verschränkt die Arme auf seiner Brust und versucht zu gucken wie Jam Master Jay.

»Du trägst den Trainingsanzug eines toten Mannes, das ist krank.«

Wir haben sogar Helmuts Klamotten geerbt und leider haben sie Tante Matthes' Geschmack getroffen. Er steht nämlich auf Oldschool-Trainingsjacken und Polyesteranzüge.

»Und du trinkst aus seinem Becherchen. Na und?«, sagt Matthes. »Wir leben in einer Zeitkapsel der frühen achtziger Jahre, ist das nicht geil?«

»Geht so.« Seit wir in Helmuts Einliegerwohnung bei Oma Wittrich gezogen sind, wohnen wir in einem stark frequentierten Themenpark, in dem die Besucher verschüttete Erinnerungen an verlorengeglaubte Alltagsobjekte ihrer Kindheit ausbuddeln können. Und das tun sie gerne. Wir haben viel Besuch. Wir sollten Eintritt nehmen, aber ich will Matthes nicht auf blöde Ideen bringen, deswegen sage ich nichts.

»Boah!«, kreischen unsere Gäste. »So 'n Sitzsack hatten wir auch mal!« und »An so einer Schrankwand habe ich laufen gelernt«. Viele Jungs bekommen glänzende Augen, wenn sie unseren Videorekorder sehen, und wollen ihn auseinandernehmen, um hineinzugucken.

»Hat sich nur nicht durchgesetzt, weil es dafür keine Pornos gab«, erzählen sie kennerisch und referieren ungefragt über den Formatkrieg zwischen Betamax, Video 2000 und VHS.

Wir haben einfach zu viele »conversation items« in unserer Bude. Man kann kein normales Gespräch mehr führen, deswegen lege ich irgendwann fiese Krachmusik auf, drehe Helmuts Anlage hoch und fange an zu pogen, bis unsere Gäste mitmachen oder nach Hause gehen.

Aber nicht vor 22 Uhr, denn so steht es in der Hausordnung. Um 22 Uhr stellt Oma Wittrich ihr Hörgerät ab und geht ins Bett. Dann könnten wir von ihr aus machen, was wir wollten, hat sie gemeint und uns sehr merkwürdig angeguckt. Sie hält uns ganz offensichtlich für schwul.

Oma Wittrichs Hausordnung umfasst dreiundzwanzig Seiten und ist in Sütterlin geschrieben, deswegen haben wir Tage gebraucht, um alle Details zu entziffern. Leider hatten wir da schon unterschrieben.

»Eine richtige Wohnung, vollkommen mietfrei«, waren unsere letzten Worte. »Was kann da noch schiefgehen?« Wir haben Oma Wittrich aber vollkommen unterschätzt, weil sie uns anfangs sehr gekonnt das senile Hutzelömchen vorgespielt hat. Sie hat uns ausgetrickst und jetzt gehören unsere Ärsche ihr. Das ist ein Zitat.

»Jetzt gehören eure Ärsche mir«, hat sie gleich nach der Unterschrift gesagt und in ihren Eierlikör gekichert.

Eierlikör mag sie sehr gerne. Sie ernährt sich von kaum etwas anderem, und wir sind für Beschaffung und Anlieferung zuständig. Außerdem müssen wir ihre Wohnung putzen und mit ihr zum Friedhof gehen, da liegen nämlich ihr Helmut und ihr Mann.

Kein Ding, sollte man denken, kann man alles machen. Stimmt ja auch.

Das eigentliche Problem heißt: Scrabble.

Oma Wittrich liebt Scrabble, und wir sind ihre Sparringspartner. Damit sie in Form bleibt, müssen wir jeden Tag zwei Stunden mit ihr spielen, so steht es in der Hausordnung. Und das ist noch schlimmer, als es sich anhört, denn Oma Wittrich spielt mit der ganzen Härte einer schlesischen Kriegerwitwe, die im Krieg alles verloren hat und es sich auf dem Brett Buchstabe für Buchstabe zurückerobern will.

Außerdem kann sie nicht verlieren.

Sie kann ja nicht mal zugeben, dass die Deutschen den Zweiten Weltkrieg verloren haben.

Und wenn Oma Wittrich beim Scrabblen hintenliegt, startet sie Verzweiflungsoffensiven und kündigt großspurig Geheimwaffen an. Meist legt sie dann Worte, die ausschließlich aus teuren Konsonanten bestehen, und gibt sie als heutige Namen ehemals blühender, jetzt aber angeblich vollkommen heruntergewirtschafteter Ortschaften im Osten aus, obwohl sich Oma Wittrich sonst strikt weigert, deren polnische Namen zu benutzen. Überhaupt hinkt sie zeitgeschichtlich ziemlich hinterher, sie sagt sogar SBZ, obwohl es nicht mal mehr die DDR gibt.

In der Regel klingen die Namen aber eher walisisch, so wie »Cwmfrwdd«, und wenn man damit auf dreifachen Wortwert kommt, hat man so gut wie gewonnen.

Wenn das nicht hilft, wirft sie das Spielbrett herunter.

Einmal haben wir versucht, mit ihr »Risiko« zu spielen. Aber die bedingungslose Grausamkeit, mit der sie ihre Feldzüge führte, hat uns irritiert. Außerdem hat sie nach ihrem sechsten Eierlikör angefangen, wieder an den Endsieg zu glauben.

Sonntags besuchen sie ihre Freundinnen und dann verwandeln sie die Wohnung in ein Armageddon des Brettspiels. Der Kessel von Stalingrad ist ein Kindergeburtstag dagegen. Dieser Kessel ist übrigens hauptsächlich schuld daran, dass es eine reine Damenrunde ist. Der und ein paar Herzinfarkte.

Die Damen trinken Eierlikör und haben einen Wall aus Wörterbüchern um sich herum aufgebaut, außerdem ein Verzeichnis aller Autokennzeichen und das Lexikon internationaler Abkürzungen aufgeschlagen. Die gelten nämlich auch, weil man damit in die kleinen Lücken etwas legen kann, in die keine richtigen Wörter mehr reinpassen, außer »Ei« mit E und »Ai« mit A, was ein südamerikanisches Faultier ist, aber das weiß ich längst, weil Oma Wittrich es in jedem Spiel bestimmt fünfmal legt.

»Helmut«, brüllt Oma Wittrich wieder herauf. Sie hat furchtbar schlechte Laune, weil sie das Turnier am letzten Sonntag verloren hat, obwohl wir am Samstag fünf Stunden lang trainiert hatten.

Tante Matthes und ich waren zum Schnittchendienst abkommandiert worden, während Endgegnerin Regine Eimermann und Oma Wittrich einander mit unbewegter Miene gegenübersaßen, ohne sich auch nur einen Moment aus den Augen zu lassen.

Gertrude Piepenbrinck war in der Partie zuvor vernichtend geschlagen worden und lag jetzt ebenso fassungslos wie schmollend auf dem Kanapee, in ihrer Agonie stark an Napoleon auf St. Helena gemahnend, nur eben in Kittelschürze und mit einem Eisbeutel auf dem Kopf.

Mathilde Gerber schließlich hatte bereits ganz das Zeitliche gesegnet, dies allerdings schon im Monat zuvor.

Die Damen hatten sich in einem aussichtslosen Stellungskrieg verschanzt, verfügten längst über keinerlei Vokale mehr und konnten nur noch Abkürzungen legen.

Aber wenn man es geschickt macht, lohnt sich das auch, sagt Oma Wittrich immer.

Gerade hatte sie mit QED 32 Punkte gemacht, das E lag schon da und das Q hatte dreifachen Buchstabenwert und deswegen hat Frau Eimermann protestiert. Sie lag ziemlich weit hinten und wandte ein, dass QED keine deutsche Abkürzung sei.

Das komme aus dem Lateinischen, hat Oma Wittrich gesagt und wollte Frau Eimermann erklären, was es bedeutet.

Sie wisse sehr wohl, dass es Latein sei und auch was es bedeute, hat Frau Eimermann unterbrochen, schließlich sei man weiland aufs Lyzeum gegangen und senil sei man wohl auch noch nicht.

Na ja, meinte Oma Wittrich und hat mit dem Kuli abwechselnd Kringel um ihren Punktestand und um den von Frau Eimermann gemalt. Dass ihrer viel höher ist, hat sie seit einigen Runden immer wieder beiläufig erwähnt.

Aber das heißt nichts. Beim Spiel davor hatte die Eimermann kurz vor Schluss noch ein »N« im Beutel gefunden, als sie beim Ziehen reingespinxt hatte, und dann gewonnen, weil sie die Mehrzahl von »Flughundewelpe« hatte legen können, obwohl Oma Wittrich das Wort vorher über vier Runden ganz alleine gelegt hat.

Sie spielen immer, bis das ganze Brett voller Buchstaben ist oder bis die Eimermann schreit, dass sie keinen Fuß mehr in dieses Haus setzen werde. Dann spielen sie in der nächsten Woche weiter.

Nur einmal haben sie zwei Wochen nicht gespielt, weil sie sich nicht einigen konnten, ob das Wort »Reiseführerhauptquartier« gelten würde oder nicht, wenn es aufs Brett passte.

Dann hat die Eimermann eine Abkürzung gelegt, von der Oma Wittrich behauptet hat, die gebe es gar nicht.

BNDJ stehe für Bund Nationalsozialistischer Deutscher Juristen, hat Frau Eimermann gesagt, und das gelte sehr wohl, schließlich wüssten sie beide sehr genau, wer da mal Mitglied gewesen sei.

Das waren andere Zeiten, hat Oma Wittrich gesagt, die Abkürzung aber gelten lassen, und das hat sie noch nie gemacht. Dann hat sie Frau Eimermann auch noch gewinnen lassen und seitdem eine Stinkwut.

»Helmut!«, brüllt Oma Wittrich von unten.

»Helmut«, sage ich zu Matthes. »Ist für dich.«

»Auf gar keinen Fall.«

»Helmut«, brüllt es wieder.

»*Du* musst hingehen«, insistiere ich.

»Guck«, sagt Matthes, »ich habe den ganzen Tag auf der Arbeit mit alten Leuten zu tun, da will ich nach Feierabend ein bisschen Ruhe haben.«

»Ach.«

»Du hängst doch eh bloß den ganzen Tag rum.«

»Ich schaue einen Film.«

»Helmut!«, brüllt Oma Wittrich von unten.

»Man kann ihn anhalten. Er ist auf Video.«

»Helmut!«

»Du kannst dich ruhig auch mal engagieren.«

Ich habe ein ganz schlimmes Déjà-vu. Matthes hat das Gesicht meiner Mutter bekommen, er setzt sich zu mir auf das Sofa und nimmt übel.

Junge, sagt das Gesicht, was soll nur werden?

Egal, sagt mein Gesicht.

Du hast doch so tolle Möglichkeiten, die musst du unbedingt nutzen, findet das Gesicht.

Ich hingegen finde: Pfft.

»Da musst du dich jetzt reinknien, da werden jetzt die Weichen für deine Zukunft gestellt.«

»Na ja ...«

»Die Welt wartet nicht auf dich, lass dir das gesagt sein.«

»Wir waren ja auch nicht verabredet.«

»Was?«

»Die Welt und ich. Wir sind nicht verabredet. Jeder kann machen, was er will. Wir führen eine offene Beziehung.«

»Das ist doch pubertäres Gequatsche. Wen willst du damit beeindrucken?«

»Niemanden. Ich sag bloß.«

»Du musst doch irgendwelche Träume haben.«

»Ach …«

»Als ich in deinem Alter war …«

»Helmut!«, brüllt Oma Wittrich, und Matthes hat wieder sein eigenes Gesicht auf.

»Ich komme ja schon«, rufe ich.

Das Sofa macht Furzgeräusche, als ich von der Sitzfläche rutsche.

Vielleicht sollte ich mir wirklich einen Job suchen. Ich werde langsam wunderlich.

6 *She's more than a sex machine, the woman is a human being,* knödelt der schwarze Mann mit dem grauen Bart, hebt den Zeigefinger und schwenkt seine Wursthaare. Das Publikum zeigt sich ob dieser brandheißen Erkenntnis jamaikanischer Humanwissenschaften hocherfreut. Der Mann auf der Bühne heißt übrigens Macka mit Vornamen, aber das nur nebenbei.

In der ersten Reihe lassen ein paar Mädchen die Hüften kreisen, so als ob sie den Macka doch noch vom Gegenteil überzeugen wollten, allerdings sieht es weniger nach Sex als nach Geburtsvorbereitungskurs aus, was zwar immerhin ein verwandter Themenbereich ist, den Sänger aber keineswegs von seiner Meinung abbringen kann. Deswegen ruft er noch einmal zur biologisch korrekten Einordnung der Frau auf, ein Schlagzeug setzt scheppernd ein und alle fangen an zu tanzen.

Die Mädchen in der ersten Reihe finden langsam den Groove, die Jungs stehen daneben und starren erst einmal unschlüssig auf die kreisenden Mädchenhintern.

Dann gucken sie, was der Mann auf der Bühne für Bewegungen macht, und tanzen die nach. Leider tanzt er eine Art Schweinsgalopp auf der Stelle, der bei ihm relativ cool, bei den Jungs aber eben nur nach Schweinsgalopp aussieht.

Ein paar Hippies undefinierbaren Alters und Geschlechts kreiseln mit ausgebreiteten Armen lächelnd durch die Menge, damit haben sie schon angefangen, als das Licht noch an war, und wenn die Putzkolonne ihre Jointstummel zusammengekehrt haben wird, werden sie lächelnd zu ihren VW-Bussen zurückkreiseln, einen kiffen und zum nächsten Konzert fahren, denn so schreibt es die Landeshippieverordnung von 1634 vor.

An den Bühnenrändern stehen die Rastas und lassen die Frisuren wippen. Sie tanzen nicht, weil sie niemandem etwas zu beweisen haben. Allein ihre Anwesenheit adelt dieses Konzert, finden sie, und viele von ihnen haben tatsächlich Freikarten bekommen, damit es hier authentischer aussieht. Ab und zu schert einer von ihnen aus, lässt sich zu ein paar schleppenden Schritten Richtung Mädchen hinreißen, aber meist springt dann schnell einer von den Schweinsgaloppjungs dazwischen.

Die haben ohnehin viel zu tun, weil eine Gruppe Jungs in Sportklamotten jetzt den Tanzboden betreten hat, nachdem sie sich alle gegenseitig high five gegeben haben. Sie kommen eher vom Hiphop und haben auch soziobiologisch ihre ganz eigenen Vorstellungen: Sie sind Sexmachines, die Frauen sind auch Sexmachines, bloß die Jungs sind keine, sondern Schweinsgaloppjungs und sollen sich verpissen.

Ein paar von ihnen beginnen die Mädchen breitbeinig anzutanzen und die anderen machen halbherzig mit, weil sie nicht wie Deppen dastehen wollen. Die Mädchen sind nicht durchgängig begeistert, sich hinterrücks von fremden Gemächten anschubbern zu lassen, während von oben Rechtschaffenheit und Respekt gepredigt wird. Deswegen sind sie doch ganz froh über die mitgebrachten Schweinsgaloppjungs, die um sie herumhoppeln und ihnen den Rücken freihalten. Die kommen nämlich tänzerisch eher vom Pogo und sind genau die Richtigen für diesen Job.

Ich sehe Priscilla zu, wie sie geschickt aus der doppelten Beinschere zweier Typen heraustanzt, während Matthes die beiden mit scheinbar absichtslos zuckenden Ellenbogen abdrängt. Dabei grinsen sich alle Beteiligten aufmunternd an, weil dieser Abend ja im Zeichen von Unity und Harmony steht, wie dem Publikum ununterbrochen von der Bühne aus eingeschärft wird.

Priscilla stolpert in einen Rasta, der gemächlich in der Dünung der auf und ab gehenden Bassläufe herumgeschaukelt ist, der dreht sich um, sagt etwas, dann bekommt Priscilla von ihm eine Tüte gereicht. Die beiden tanzen und rauchen und verhalten sich damit vorschriftsmäßig. Schwarze und Weiße sollen nämlich gemeinsam Marihuana rauchen, erklärt der Macka gerade, alles andere sei vollkommen Babylon.

Mittlerweile hat sich Matthes hinterhergekämpft. Ich kenne den Rasta, mit dem Priscilla tanzt, er heißt Poppy und ist Sänger einer regional halbwegs erfolgreichen Reggaeband. Was soll Matthes da groß machen, wegdrängen kann er ihn nicht, dass sähe extrem eifersüchtig und damit uncool aus, sie tanzen ja bloß. Also wibbelt er bloß aufgeregt um die beiden herum, bis ihm die Lust vergeht, und geht dann Bier trinken.

An der Theke trifft er Bernd, der ihn umstandslos in ein Gespräch über dieses World Wide Web verwickelt, das angeblich die Welt revolutionieren wird oder bereits revolutioniert hat. Ich weiß das nicht so genau, es ist wahrscheinlich so etwas wie Bildschirmtext.

Tante Matthes zeigt sich zunächst nur mäßig interessiert; erst als Bernd ihm erzählt, dass der Internethandel mangels einheitlicher Jurisdiktion weitgehend rechtsfreier Raum ist, wird er aufmerksamer und die beiden diskutieren eine Karriere als virtuelle Drogenhändler.

Mich geht das alles nichts an.

Ich stehe hinter der Königin von Saba, Arme um ihre Taille, Hände unter ihrem Bauchnabel gefaltet, und betrachte andächtig ihren Hinterkopf. Es ist ein perfekter Hinterkopf über einem Toffifee-braunen Hals, und wenn die Königin ihr Haupt zu neigen geruht, schwärmt ein Duft von Honig, Zimt und Mädchenschweiß aus ihrem anbetungswürdigen Nacken heraus.

Die Königin von Saba heißt Carina, stammt von fremden Gestaden, genauer gesagt, von denen des Biggesees im Sauerland, lernt in unserer Stadt das ehrbare Handwerk des Krankenschwesterns, und ihr Vater ist Äthiopier, das hat sie mir gleich bei unserem ersten Treffen erzählt. Aber er ist einfach auf und davon, der Arsch, noch vor ihrer Geburt, das hat mir wiederum die Königinmutter erzählt, die gleich hereingeplatzt ist, aber so ist das wohl in Königshäusern, man steht mords unter Beobachtung wegen Thronfolge und dergleichen.

Die Königin von Saba dreht ihr Haupt, streckt ihren ranken Hals, schenkt mir die ganze Schönheit ihres pharaonischen Profils, spricht: »Ich muss pinkeln, halt mal!«, reicht mir ihren Biernapf, und während ich sie fortschweben sehe, denke ich: »Hier ist aber jemand ganz schön über seine Verhältnisse verabredet.«

Wahnsinn, sogar meine Kopfhaut ist Gänse.

Ich schaue ihr noch nach, als sie längst im Gedränge verschwunden ist, und auch noch, als mich ein Mädchen anspricht.

Doppelwahnsinn, was ist denn los heute?

»Hey«, sagt sie, »ich suche jemanden, er hat etwa deine Größe, ist aber schmaler, trägt ein kariertes Hemd und kritzelt ständig in einem Notizblock herum. Hast du den gesehen? Du hast gerade so herumgeschaut.«

Ich nicke.

»Gott sei Dank«, sagt sie. »Ich dachte schon, ich hätte den verloren.«

»Steht hinter dir«, sage ich und zeige auf Bernd. Wir drehen uns um. Bernd steht mittlerweile wieder alleine da, denkt über etwas nach, und das tut er wie immer mit offenem Mund.

Dann greift er in die Tasche und holt seinen Block raus.

»Nee«, sagt sie. »Kommt nah ran, aber das ist er nicht. Der, den ich suche, ist Autist.«

Ich zeige noch mal auf Bernd und suche nach einer Formulierung, aber sie ahnt wohl schon, was ich sagen will.

»Nein, nicht bloß seltsam. So richtig Autist.«

Bernd hat sein Blöckchen wieder in die Tasche gesteckt, bohrt in der Nase und betrachtet dann interessiert das Ergebnis. Wenn er den Popel gleich isst, werde ich behaupten, ihn nicht zu kennen. Aber Bernd schmiert den Popel dem Punk neben ihm an die Lederjacke und schaut ihm dabei lieb ins Gesicht. Der Punk holt aus und klatscht ihm eine, worauf Bernd, ohne eine Miene zu verziehen, wieder sein Büchlein herausholt und die Vorgänge notiert. Der Punk lacht und gibt ihm ein Bier aus. Bernd lacht auch, nimmt das Bier und klatscht dem Punk eine.

»Er ist es trotzdem nicht, der da will bloß Aufmerksamkeit«, sagt sie. Die Frau ist offensichtlich vom Fach.

»Ich kann dir suchen helfen«, sage ich zu meiner eigenen Verwunderung.

Was sage ich denn da? Ich habe das beste Date seit der Jungsteinzeit an Land gezogen, die Eiszeit ist vorbei, die Gletscher haben sich zurückgezogen, und jene fruchtbare Ebene der Weiblichkeit, von der ich all die Jahre in der dunklen Höhle geträumt hatte, liegt in verschwenderischer Pracht vor mir, gleisnerisches Sexversprechen liegt wie eine Wolke Blütenduft in der Luft und was tue ich? Ich erfinde schwiemelige Metaphern, entwickle allergische Abstoßungsreaktionen und fühle mich prompt erleichtert, unter fadenscheinigen Vorwänden durch die Halle stromern zu können, statt weiter mit Carina zu tanzen, herumzuknutschen und irgendwann heute Nacht eventuell mit ihr im Bett zu landen.

Es ist ja nicht so, dass ich nicht wollte, rede ich mir ein, aber ich werde hier in einer wichtigen Mission gebraucht. Für einen winzig kleinen Moment glaube ich mir selber.

»Scheißegal, ich tue es trotzdem«, sage ich, das Mädchen schaut mich verwundert an, aber dann nickt sie und klärt mich über den Verschwundenen auf. Georg-Friedrich ist Autist und mag Reggae, weil er so eintönig ist. Er zählt gerne Dinge und wird ungern angefasst.

Ich schlage vor, ihn von den Ordnern suchen zu lassen, aber das lehnt sie ab.

»Das würde ihn furchtbar stressen, wenn da so ein völlig Fremder auf ihn zukommt.«

»Aber mich kennt er doch auch nicht.«

»Ja, aber du siehst irgendwie ungefährlich aus.«

Ein nicht ganz unproblematisches Kompliment, finde ich. Bernd und der Punk haben sich ineinander verkrallt und rollen über den Boden. Ich gehe hin, um die beiden auseinanderzureißen und um das Kompliment der Ungefährlichkeit auszuräumen, aber Bernd verbittet sich kichernd jede Einmischung.

Er ist allerbester Laune, obwohl er zweifellos den Kürzeren ziehen wird.

»Fertig?«, fragt das Mädchen. »Ich heiße übrigens Sarah.«

»Ja«, sage ich und bekomme noch mit, wie Bernd einen fiesen Haken kassiert.

Wir finden Georg-Friedrich schließlich auf dem Parkplatz vor der Halle – vertieft in ein Gespräch mit einem der Cannabis-

Dealer, die hier draußen ihre Depots haben. Der Dealer erzählt heftig und Georg-Friedrich nickt ebenso heftig. Er sieht ein bisschen aus wie Eugen Drewermann, trägt Bundfaltenhosen und ein fest am Hals zugeknöpftes Karohemd. Der Dopedealer dagegen sieht aus wie ein Dopedealer.

»Weißte«, sagt der Dealer gerade, »und dann hab ich angefangen, Dope zu verkaufen. Ist eigentlich ganz o. k., man hat viel mit Menschen zu tun und verdient sogar ganz gut, und wenn man ein bisschen vorsichtig ist, bekommt man auch keine Probleme. Ist ja nicht so, als würde ich durch die Gegend rennen und rufen: Hey, guckt mal, ich bin Dealer.« Da irrt er sich, der ganze Parkplatz weiß mittlerweile Bescheid.

Georg-Friedrich nickt und macht ein beflissenes Gesicht. Das mit dem Gesicht ist ein Trick, erfahre ich später, denn je weniger sich Georg-Friedrich in der Lage sieht, mit seinem Gegenüber zu kommunizieren, desto verständnisinniger wird sein Gesichtsausdruck. Er glaubt, man lasse ihn dann in Ruhe.

»Aber irgendwas fehlt in meinem Leben. Ich muss irgendwas Sinnvolles tun. Sowas Soziales wäre gut für mich. Oder Umweltschutz oder so.«

Drewermann nickt und seufzt leise. Der Dealer hält das für Zustimmung.

»Mann«, sagt er, »ist geil, mit dir zu reden«, und klopft dem Autisten ohne Vorwarnung auf die Schulter.

»Scheiße!« sagt Sarah, als Georg-Friedrich die Arme hochreißt, wie zur Salzsäule erstarrt stehenbleibt und einen dünnen Schrei loslässt. Es ist eigentlich kein Schrei, eher ein mechanisch klingendes akustisches Warnsignal, das sich langsam zu einer apokalyptischen Teekesselpfeife steigert.

Mittlerweile hat das Duo die ungeteilte Aufmerksamkeit des ganzen Parkplatzes, auf dem sich eine interessante Mischung aus erfolglosen Schwarzmarkthändlern, Cannabis-Dealern, Polizisten in Zivil und klammen Reggaeenthusiasten versammelt hat, die, wenn nicht zum Konzert selber, doch wenigstens in dessen Nähe gelangen wollten.

»Psycho oder was?« flucht der Dealer und reckt ebenfalls die Arme. »Ich hab nichts gemacht, der ist einfach ausgetickt. Wahrscheinlich was eingeworfen, aber nichts von mir, ehrlich.«

Einige seiner Kunden ergreifen Partei und diskutieren seine Produkte. Ein Zivilbulle im Bob-Marley-T-Shirt nähert sich.

Als Georg-Friedrich Sarah sieht, wird sein Schreien etwas leiser, die Arme lässt er aber sicherheitshalber oben. Ich stehe etwas hilflos herum, während sie den fiependen Mann mit möglichst wenig Körperkontakt in eine ruhige Ecke lotst, und frage deswegen, ob ich lieber gehen soll.

»Bleib ruhig noch ein bisschen, wenn's geht«, bekomme ich zur Antwort. Jetzt merke ich erst, wie nervös sie ist. Georg-Friedrich ist aber offensichtlich noch viel nervöser, er tapert im Kreis herum, wackelt rhythmisch mit dem Oberkörper und vollzieht immer wieder dieselben Gesten mit seinen Händen.

»Das ist gut«, erklärt mir Sarah nach einer Weile.

»Das ist gut?«

»Ja, er beruhigt sich langsam.«

Ich betrachte den Mann, der aussieht, als würde er ein kompliziertes höfisches Begrüßungsritual oder ein Menuett mit einem imaginären Gegenüber im Schnelldurchlauf proben.

»Er hat schöne Hände«, sage ich, weil es stimmt. Er hat wirklich schöne Hände, schmale Handteller mit langen biegsamen Fingern, die in routinierten, abgezirkelten Bewegungen durch die Luft schneiden.

Sarah nickt. »Hat er.«

Wir schauen den Fingern zu und Sarah erzählt, dass sie nach dem Abitur in Asien war.

»Ich wäre beinahe nach Israel gefahren«, antworte ich und fühle mich idiotisch, weil »beinahe« nicht zählt.

Sarah hat sich auf Bali Tempeltänzerinnen angeschaut und sich einige der Gesten gemerkt. Sie zeigt mir die Geste für »Eine Sprosse keimt« und ich zeige ihr die Geste für »Ein Dopedealer wird verhaftet«.

Sie grinst, dann versuchen wir die wiederkehrenden Gesten Georg-Friedrichs zu deuten, bis seine Bewegungen sich beruhigen, zuletzt nur noch angedeutet werden und schließlich ganz versiegen.

Er bleibt abrupt stehen, wendet sich Sarah zu und informiert sie umgehend, auf dem Weg zur Halle dreiundneunzig Straßenlaternen, davon dreizehn mit defekten Beleuchtungskörpern, und in der Halle fünfhundertdreiundzwanzig Konzertbesucher gezählt zu haben. Ich frage, ob er unter diesen auch irgendwelche Defekte hat feststellen können, aber Sarah zischt mir zu, dass dies kein guter Zeitpunkt sei, einen Autisten mit Fangfragen aus dem Konzept zu bringen. Der Drewermann ignoriert mich und fährt mit seinen statistischen Betrachtungen fort.

Er hat eine ausgesprochen schöne Sprechstimme, ein voller, gut sitzender Bariton, mit dem man Lebensversicherungen verkaufen oder Erweckungspredigten halten könnte, und tatsächlich umgibt ihn ja diese Aura eines etwas menschenscheuen Theologen. Als ich ihm in die Augen schaue, guckt er schnell weg und sagt dann in seinem eigentümlichen Singsang: »Siebenunddreißig Blumen vorne auf dem Hemd.« Ich schaue an mir herunter und bin beeindruckt. Nicht von meinem Hemd, das ist ziemlich scheiße, wie mir allerdings erst jetzt auffällt, sondern von der schnellen Auffassungsgabe des Drewermanns.

Als ich freilich zu Hause nachzähle, stimmt die Zahl nicht, es sind viel mehr Blumen drauf. Georg-Friedrich ist zwar Autist mit Zahlentick, kann aber nicht besonders gut rechnen, werde ich später erfahren. Oder er gibt absichtlich falsche Ergebnisse bekannt, damit man ihn nicht mit Dustin Hoffman aus »Rain Man« verwechselt und für einen Casinobetrug zu missbrauchen versucht. Genau das hatte ich kurz in Erwägung gezogen.

Das Konzert ist vorbei, die Tore öffnen sich und aus einer dunstigen Wand aus Tabak, Dope und Schweiß taumelt die Besucherschaft ins Freie. Es sieht ziemlich bescheuert aus, wenn man es von unserer Seite aus sieht, und Sarah fällt als passender Vergleich der Film »Nebel des Grauens« ein.

Wir sitzen auf dem Bordstein, Georg-Friedrich ist friedlich in sein Heft vertieft, das er mit geheimnisvollen Hieroglyphen beschriftet. Ich hätte längst zurückgehen können, zu Carina und den anderen, und ich weiß nicht einmal genau, was mich zurückgehalten hat. Carina ist unglaublich schön, steht ganz offensichtlich auf mich und ist auch nicht blöd oder so.

Matthes winkt mir zu, er hat Priscilla im Arm, die beiden sehen ziemlich durchgeschwitzt und abgekämpft aus, aber auch so, als ob sie einen Sieg errungen haben.

Matthes und Priscilla lecken sich gegenseitig den Schweiß vom Gesicht.

Ich sitze neben einem fremden Mädchen und einem Behinderten.

Bernd kommt mit dem Punk im Arm zu uns gestolpert und stellt ihn als Wolle vor. Die beiden sind Freunde geworden. Wolle sagt, dass Bernd krass unterwegs ist. Bernd sagt, dass Wolle einen formidablen linken Haken schlägt.

»Wo ist denn Carina?« Die Frage kommt von Matthes.

»Weiß nicht, wahrscheinlich schon weg«, sage ich und Matthes verdreht die Augen.

Ich werde sie später aber doch wiedertreffen, als Sarah sich bereits verabschiedet und Georg-Friedrich überredet hat, in den Bus zu steigen, obwohl ihm dessen Nummer nicht gefällt, Matthes und Piscilla ineinander verschlungen die Straße hinunterlaufen, während Bernd und der Punk auf jede Straßenlaterne zurennen, um sie auszutreten.

Ich werde lügen und behaupten, dass ich bloß frische Luft habe schnappen wollen, die Ordner mich aber nicht wieder reingelassen hätten, weil mein Stempel abgewaschen gewesen sei. Und das wird sie glauben, denn vermutlich klang ich sehr überzeugend, weil ich es selber glauben wollte, und dann wird sie sagen: »Schade, war ein geiles Konzert. Machen wir noch was?«

Und das werden wir dann auch.

Ich werde am nächsten Morgen neben ihr aufwachen, der Sex wird großartig gewesen sein, zumindest wird es Sex gewesen sein, die Sonne wird durch das Fenster ihres Wohnheimzimmers scheinen und ich werde Kaffee gemacht haben. Wir werden gemeinsam frühstücken und dann einen Sonntag aus dem Lehrbuch mit Picknick und allen Schikanen verbringen, aber durch das Bombardement von Hormonen und Serotonin und die quecksilbrige Erkenntnis, dass Glück möglich ist, wird leise, aber deutlich vernehmbar eine Stimme hindurchquäken: »Du gehörst hier nicht hin.«

Und als Carina im späten Nachmittagslicht ihre Lippen auf meine gedrückt haben wird und unsere Hände auf Genitaliensuche gegangen sein werden, werde ich meine Augen schließen und sofort wieder dieses seltsame rothaarige Mädchen vom Vorabend sehen.

Und als wir dann wieder miteinander schlafen – denn natürlich werden wir das –, wird es sein, als würde ich Sex mit zwei Frauen haben, mit der einen in der sichtbaren und dinglichen Welt und mit einer anderen in meinem Kopf. Und je näher wir uns zum

Höhepunkt geschaukelt haben werden, desto wirklicher wird die Frau in meinem Kopf werden, bis ich schließlich »Sarah« stöhnen werde und die Frau aus der dinglichen Welt mich bloß deswegen nicht aus ihrem Bett werfen wird, weil ich ihre linke Brust im Mund habe, so dass ich bloß »Ara« genuschelt haben werde. Sie wird danach bloß kichern und mich nachäffend »Ara« gurgeln, von mir herunterrutschen, um schließlich mit ihrem Kopf an meiner Schulter einzuschlafen.

»Ich wiederhole mich nur ungern«, wird daraufhin die quäkende Stimme sagen. »Aber ...«

»Ich weiß«, werde ich antworten und traurig sein, denn beinahe wäre alles gut gewesen.

Carina. Ich. Die Welt.

Happiness is a warm gun. Von wegen.

Wir werden aufstehen und uns anziehen, und womöglich wird Carina dieselbe Stimme gehört haben, denn als wir uns verabschieden und uns versichern, uns ganz bald wiederzutreffen, wird es das letzte Mal gewesen sein, dass wir uns gesehen haben.

Und deswegen sagen wir beide gleichzeitig: »Mach's gut«, und dann gar nichts mehr.

Und als ich in dieser Mischung aus Euphorie und Niedergeschlagenheit durch den Stadtwald ins Tal marschiere, treffe ich eine Entscheidung: Ich werde nach Sarah suchen. Im Behindertenbusiness. Mehr weiß ich schließlich nicht von ihr.

7

Ich soll für eine Gruppe Superhelden arbeiten, die zur Tarnung in einer Wohngemeinschaft für Menschen mit geistiger Behinderung haust und die Welt retten oder wenigstens möglichst viel Quatsch machen soll, wo sie schon mal hier ist. Das behauptet wenigstens Tante Matthes, aber der spinnt in letzter Zeit mehr als üblich.

Er ist in den Innendienst versetzt worden, weil er seinen Dienstwagen kaputtgefahren hat, außerdem ist Priscilla nach Frankreich weitergereist und das tut ihm alles nicht gut. Er wird langsam noch verrückter als Oma Wittrich. Die beiden verstehen sich allerdings immer besser, weil sie auf gleicher Wellenlänge sind. Sie hocken die ganze Nacht im Wohnzimmer und spielen Scrabble.

Vielleicht sind es aber auch Außerirdische, lautet eine andere von Tante Matthes' Theorien. Außerirdische, die einen Erlebnisurlaub mit Vollpension auf der Erde gebucht haben. Was davon zutrifft, weiß ich noch nicht, aber ich bin ja auch erst seit fünf Minuten ihr Zivildienstleistender.

Beziehungsweise stehe ich immer noch vor der geschlossenen Tür und werde von jemandem ausgefragt, der sich als Leiter der Einrichtung ausgibt und dessen Auge man vergrößert hinter dem Türspion sehen kann. Er will wissen, ob ich Udo Jürgens mag, gerne Bier trinke, ob ich welches dabeihabe oder wenigstens Zigaretten und wie das Passwort heißt.

Neben der Tür hängt ein Gebilde aus Salzteig, es ist knapp zwei Quadratmeter groß und dem Neo-Dadaismus zuzurechnen, außerdem trägt es Bissspuren am rechten Rand. In den Teig sind Muster aus Hülsenfrüchten gedrückt, die sich mit etwas Phantasie zu Worten verbinden, die wiederum entfernt an Vornamen erinnern. Über das ganze Gebilde hat jemand mit einem dicken schwarzen Edding »Horsti« gekritzelt. Ich beschließe deswegen, dass das Passwort »Horsti« lauten muss. Es stimmt.

Die Tür fliegt auf und ein Mann von der Konsistenz eines Wackelpuddings wuppt heraus, fällt mir in den Arm und brüllt jubelnd »Horsti«. Er ist einen Kopf größer als ich, trägt einen Trainingsanzug in Türkis und Pink, darunter ein gelbes Hemd mit gemusterter Krawatte und statt Augen zwei Glasbausteine in einem Pfannkuchengesicht. Außerdem will er mit mir tanzen. Ein komisches Vorstellungsgespräch, denke ich, tanze aber erstmal mit.

Der dicke Mann zieht mich in die Wohnung, die Wände des Flures sind mit psychedelischen Malereien versehen, die eine ländliche Szenerie darstellen, einen Bauernhof mit sehr vielen Tieren. Als mir der dicke Mann die Tiere namentlich vorzustellen beginnt, erkenne ich, dass sie alle ficken und uns fröhlich dabei zuwinken. Unten links ist das Bild mit »Horsti« signiert.

»Und Sie sind wirklich der Leiter hier ...?« frage ich höflich.

aber zutiefst zweifelnd und der dicke Mann nickt derart vehement, dass sein Doppelkinn immer wieder auf die Brust flatscht und ihm die Brille auf die Nasenspitze rutscht. Dann schüttelt er mir die Hand, stellt sich als »Käpt'n Horsti« vor und begrüßt mich im Namen der Bundesregierung.

Wir stehen eine Weile herum, ich lächle verlegen, Käpt'n Horsti guckt erwartungsvoll. Ich will erklären, dass ich der neue Zivi bin und mich hier melden soll, aber Käpt'n Horsti unterbricht ungeduldig und sagt, dass wir jetzt erst einmal zusammen Wrestling-Videos gucken müssen. Dann hält er mir einen Vortrag über Aufgaben und Pflichten eines Zivildienstleistenden, die hauptsächlich aus Wrestling-Videos gucken, Schlager hören und Minigolf spielen bestehen, und zwar stets mit sowie unter der Aufsicht von Kapitän Horsti. Mit dieser Stellenbeschreibung sollte er übrigens weitgehend Recht behalten.

Eine kleine Frau mit Downsyndrom kommt in den Flur gewatschelt, sie hat einen sehr vollen Becher Kaffee in der Hand und pladdert damit den Boden voll. Als ich sie höflich darauf hinweise, kräht sie, dass der neue Zivi das wegmachen muss.

»Ich bin der neue Zivi«, sage ich, sie antwortet: »Mach dat weg!« und zeigt auf die Kaffeeflecken. Damit war die Stellenbeschreibung dann auch wirklich komplett. Die Frau schickt Horsti mit einer knappen Handbewegung auf sein Zimmer – er ist wohl doch nicht der Chef hier. Ich aber auch nicht, gibt die Frau mir zu verstehen; sie will erst wieder mit mir reden, wenn ich den Boden geputzt habe. Bis dahin sagt sie nur: »Mach dat weg«, steckt ihre kleinen Fäuste in die Hüften und guckt mich herausfordernd an. Sie ist zwar nur einsvierzig hoch, aber genauso breit und füllt den gesamten Türrahmen aus. Sie trägt einen Morgenmantel aus weinrotem Samt, grüne Pantoffeln mit Goldstickereien und etwas, das zunächst aussieht wie eine Perücke aus Wollmäusen, aber offensichtlich in mühevoller Arbeit aus Eigenhaar gefilzt wurde.

Anscheinend gilt für die Bewohner dieselbe Kleiderordnung wie für Helge Schneider, denke ich, aber wie sich herausstellen wird, gilt die überall in der Branche: Behinderte sind so anzuziehen, dass man sie schon von Weitem als Bekloppte erkennt. Das kommt noch aus dem Mittelalter und wurde eigentlich für Aussätzige erfunden, aber jetzt gilt es bloß noch für geistig Behinderte.

Noch später werde ich herausfinden, dass es ganz und gar unmöglich ist, Menschen mit der unbändigen Willenskraft einer Milva, denn so heißt die kleine Frau, in Modefragen zu beraten.

Hinter der Frau liegt das Wohnzimmer und dort sitzt bestimmt jemand, der hier arbeitet, vermute ich, weil ein Fernseher durch die geschlossene Tür dröhnt. Jetzt heißt es pädagogisch handeln, beschließe ich und biete der kleinen Frau eine Zigarette an, damit sie mich durchlässt. Für eine halbe Schachtel darf ich schließlich passieren, ohne aufwischen zu müssen.

Auf dem Sofa im Wohnzimmer sitzt ein sehr kleiner Mann mit Glatze und lächelt einen Keks an. Daneben brüllt der Fernseher, wird aber nicht beachtet. Ich frage den Mann, ob er hier arbeitet, doch statt zu antworten, bohrt er in der Nase und schmiert dann sehr langsam einen beachtlichen Popel auf seinen Keks. Eventuell ist er doch aus anderen Gründen hier. Ich stelle mich dem kleinen Mann vor, doch der sagt wieder nichts, lächelt weiter seinen Keks an, und als ich ihm die Hand geben will, legt er ihn da hinein.

»Ich vermute, das ist ein Zeichen großer Wertschätzung«, sage ich und der kleine Mann nickt. Dann lächeln wir beide den Popelkeks in meiner Hand an.

Ich habe soeben Bekanntschaft mit einem Zen-Meister gemacht, wird mir später bewusst werden, und er hat mich als seinen Schüler akzeptiert. Mein Zen-Meister heißt Günther und spricht nicht, weil er das nicht nötig hat. Allerdings wäscht er sich auch nicht, obwohl er das hin und wieder nötig hätte. Günther isst auch nichts, er nimmt höchstens beim Meditieren ab und zu einen Popel zu sich. Erst nach Wochen werde ich herausfinden, dass Günther heimlich isst, weil er einen der Schlüssel für den gemeinsamen Süßigkeitenschrank geklaut hat.

In den nächsten fünfzehn Monaten wird Günther mich die Kniffe des autistischen Trainings lehren, ganze Nachmittage werden wir regungslos auf dem Sofa sitzen und Gegenstände anlächeln, bis sie ihr wahres Wesen offenbaren, zurücklächeln oder von Horsti kaputtgemacht oder aufgegessen werden. Meist passiert Letzteres, und nicht immer sind es Lebensmittel. Wenn Günther ein bisschen Abwechslung will, setzt er seinen Walkman auf und hört Leerkassetten. Aber eigentlich ist Abwechslung unter seiner Würde, und wenn man Günther fragt, ob er nicht mal was unternehmen will, schaut er einen fünf Minuten lang ganz still aus seinen kleinen, leicht geschlitzten Augen an und erst dann schüttelt er ganz sacht den Kopf.

Nur ein einziges Mal in fünfzehn Monaten werde ich Günther überreden können, mit zum Minigolf zu fahren, und es gleich darauf bitter bereuen, denn er wird einhundertdreiundzwanzig Schläge für die erste Bahn brauchen, und auch das nur, weil sie ohne Hindernis ist. Und hinter uns werden sich drohend Familien auftürmen, mit kreischenden Kindern und brüllenden Vätern, und ein Platzwart wird kommen und greinen und viel Wehklagen wird sein an allen Bahnen. An der ersten Bahn aber wird geschlagene vier Stunden der kleine Mann mit der Glatze stehen und den Ball immer wieder ganz sacht mit seinem Schläger antippen und er wird lächeln dabei und seine kleinen, leicht geschlitzten Augen werden sagen: »Siehe, ich bin der Herr, dein Meister. Und du bloß ein gottverdammter Hektiker.«

Minigolfspielen gilt im Behindertenbusiness als Feuerprobe für Neulinge. Es dauert sogar ohne Günther endlos lange und die Regeln sind genauso kompliziert wie beim Cricket: Der Ball darf entweder mit dem Schläger, dem Fuß, der Hand oder irgendeinem anderen eigenen oder fremden Körperteil gespielt werden, außerdem kann er gestreichelt sowie in die Tasche gesteckt werden.

Ziel des Spiels ist es, den Ball in möglichst unwegsames Gelände zu spielen, wo er vom neuen Zivi gesucht werden muss, während die festangestellten Betreuer Kaffee trinken. Körpertreffer zählen nach Rang der Mitarbeiter gestaffelt: Neuer Zivi gilt einfach, Honorarkraft doppelt, und wer es schafft, die Leiterin abzuschießen, hat das Spiel zwar gewonnen, muss aber später mit Repressalien rechnen. Die Aufbauten an den Bahnen dagegen spielen überhaupt keine Rolle, die Löcher erst recht nicht.

Wer seinen Ball als Erster unwiederbringlich im Gulli versenkt hat, gewinnt die Partie, bekommt danach aber kein Eis, weil der Mann im Büdchen das Pfandgeld nicht wieder rausrückt. Trotzdem macht es irrsinnigen Spaß, aber das kann man nicht erklären, man muss es erlebt haben.

Aber das ahne ich alles noch nicht, denn noch stehe ich mit dem Keks in der Hand im Wohnzimmer der WG und versuche, meine Unsicherheit zu verbergen.

Ich setze mich erst mal hin, überlege ich, da kann man am wenigsten Schaden anrichten, und suche mir einen Platz hinter einer Palme, deren Stamm jemand mit Wachsmalstiften bemalt hat.

Nach einer halben Stunde höre ich einen Schlüssel im Schloss der Eingangstür knirschen. Von einem Tritt gestoßen, fliegt kurz danach die Wohnzimmertür auf und eine sehr beladene Frau im Alter meiner Mutter schiebt sich schnaufend durch die Tür. Sie hat ein Schlüsselbund im Mund.

»Wo zum Teufel ist Horsti?« nuschelt sie den kleinen Mann an.

»Er sollte mir tragen helfen.« Der kleine Mann lächelt.

Die Frau stellt stöhnend ihre Einkaufstaschen ab und spuckt den Schlüsselbund auf den Tisch. »Warst du schon duschen?«, fragt sie ihn. »Du musst doch gleich zum Arzt.«

Der kleine Mann schüttelt den Kopf.

»Wieso? Ach, was frage ich da noch.«

Die Frau mit Downsyndrom kommt ins Wohnzimmer zurück und fängt an, die Taschen zu durchwühlen. Radieschen kullern über den Boden.

»Milva«, sagt die Taschenfrau, »lass uns das bitte in der Küche einsortieren.«

Die Milva Genannte sagt, dass sie ihre Schokoriegel aber jetzt brauche, weil sie unterzuckert sei.

»Du hast keinen Diabetes, Liebes. Das haben wir sogar schriftlich. Und wieso ist außer euch niemand hier?«

»Ich bin da«, sage ich hinter meiner Palme.

»Wer?«

»Ich. Neuer Zivi. Guten Tag.«

Ich stehe auf und stelle mich vor.

»Ach«, sagt sie, »dich schickt der Himmel. Entschuldigung, Sie schickt der Himmel.«

Ich antworte, dass wir gern beim Du bleiben können. Sie nickt. Ich werde in den folgenden fünfzehn Monaten beim Sie bleiben, sie wird beim Du bleiben.

»Du kannst gleich anfangen. Lass dich von Milva einweisen, ihr konnt die Sachen einsortieren, Süßigkeiten bitte in den Taschen lassen, die werden weggeschlossen. Klingt blöd, erklär ich dir später, oder lass es dir von Milva erklären. Dann bitte Kaffee machen, das wär wahnsinnig nett, ich muss ganz schnell mit diesem jungen Mann duschen gehen. Gib mir eine Viertelstunde, dann bin ich wieder da und sage anständig Hallo. Tut mir leid, normalerweise sind wir hier nicht so …«

Sie scheint nach einem Wort zu suchen.

»Schon o. k.«, sage ich, sie winkt ab.

»Nett von dir. Ich bin Christiane Bernau, Leiterin dieses ehrenwerten Hauses. Das ist Günther und das ist Milva, also eigentlich Andrea.«

»Milva«, sagt Milva.

»Sei bitte nett zu dem Jungen. Verscheuch ihn mir nicht.«

Milva nickt.

Sie winkt Günther zu sich heran und der folgt zögernd.

In der Tür dreht sie sich plötzlich um.

»Ach was, ehrlich gesagt: Es ist immer so. Schön, dass du da bist.« Dann dreht sie sich nochmal um.

»Kann jemand bitte den Kaffee im Flur wegwischen?«

»Ja«, sage ich, »kann ich machen.«

»Normalerweise der, der ihn dort hingekleckert hat.«

»Das war Horsti«, lügt Milva, ich mache es dann aber trotzdem.

»Ja«, sage ich zu Milva, als ich die Beutel auf dem Küchentisch absetze, »dann erzähl mal: Wo kommt denn alles hin?« und komme mir augenblicklich blöd vor, weil ich so einen Kindergartenton angeschlagen habe. Milva sagt, das sei zu kompliziert zum Erklären, da müsse man sich nämlich auskennen und ich solle mich lieber hinsetzen.

»Bist du sicher, dass die Snickers hinter die Küchenbank gehören?«, stelle ich irgendwann meine erste dienstliche Frage und bin sicher, sie nicht zum letzten Mal gestellt zu haben.

Milva fragt, ob sie hier wohnen würde oder ich. Meine erste Lektion als Zivildienstleistender lautet also: Wer Kindergarten sät, wird Kaserne ernten.

8

Ich sitze im Rollstuhl und lasse mich am Kölner Hauptbahnhof von zwei Wehrpflichtigen die Treppe hinuntertragen. Natürlich hätte ich auch den Fahrstuhl nehmen können, aber das hätte nicht zu meiner Rolle gepasst. Ich verkörpere den Typus des anstrengenden Behinderten, der leicht nach Pipi riecht, seine Mitmenschen feindselig anstarrt und wütende Selbstgespräche führt. Eigentlich bin ich dreißig Jahre zu jung für diese Rolle und habe mindestens ein Bein zu viel, aber zwei Wochen Biertrinken und Langeweile in der Zivildienstschule Waldbröl haben mich trotzdem ganz gut vorbereitet: Ich sehe rechtschaffen verlottert aus. Allerdings rieche ich bloß nach Alkohol und nicht nach Pipi, ich habe es einfach nicht gebracht, mich einzunässen. Irgendwo ist auch mal Schluss mit der Selbsterfahrung.

Heute ist nämlich Selbsterfahrungstag. Die Zivildienstschule hat uns mit ausrangierten Rollstühlen ausstaffiert und beauftragt, die Welt einen Tag lang mit den Augen eines Rollstuhlfahrers zu betrachten.

Die meisten Zivildienstkollegen werden aber bloß die Kölner Brauhäuser mit den Augen sehr durstiger Rollstuhlfahrer betrachten, ihre Gefährte im Laufe des Abends dort vergessen, bzw. vergeblich bei einem windigen Türken am Eigelstein gegen eine Stange geschmuggelter Zigaretten einzutauschen versuchen.

Sven und Otze haben sich mit ihren Skaterfreunden auf der Domplatte verabredet, weil sie gewettet haben, dass sie den Kickflip Nose-Wheelie nicht nur mit dem Board, sondern auch im Rollstuhl hinkriegen. Und kurz bevor ihr Stuhl den Geist aufgibt, werden sie es tatsächlich geschafft haben, aber noch schreddern sie Bordsteinkanten, weil sogar der Tailslide im Rollstuhl eben doch schwerer ist als gedacht. Weil er nämlich gar keinen Tail hat, der Rollstuhl.

Andreas und Lutz haben ihren Rollstuhl mit zahllosen Rucksäcken und Taschen behängt und wollen ihn als Tarnung für den größten Raubzug in der Geschichte des Kölner Einzelhandels benutzen. Behinderte verdächtigt nie jemand, haben sie behauptet, als sie ihre Tonträger-Safari planten, aber diese Rechnung haben sie ohne die Ladendetektive gemacht, und nur dem Überraschungsmoment des plötzlich aus seinem Rollstuhl hechtenden Andreas wird es geschuldet sein, dass sich die beiden in das anonyme Gedränge der Kölner Innenstadt retten können. Diebesgut und Fluchtfahrzeug werden sie aber aufgeben müssen.

Mein Gefährte für diesen Tag ist der letzte Popper, Rufus Thelmann. Aber der ist verschwunden, seit er sich kurz vor Köln zur Toilette verabschiedet hat. Der letzte Popper trägt braune Segelschuhe, einen um den Hals geknoteten gelben Sweater und die alte Frisur von Sascha Hehn auf. Man müsste ihn augenblicklich unter Denkmalschutz stellen, stattdessen will man ihn zu niederen Diensten im Gesundheitswesen zwingen, obwohl er lieber als Boulevardjournalist, Börsenguru oder Heiratsschwindler arbeiten würde. Rufus ist auf ulkige Weise sehr naiv in seinem Zynismus und deswegen mag ich ihn. Aber ich wäre nie so gemein, ihm das zu zeigen.

Eigentlich hatte sich Rufus vom Dienst freistellen lassen wollen, aber ein Volontariat bei der Bild-Zeitung hatte dem Kreiswehrersatzamt als Begründung nicht gereicht. Entsprechend mies ist seine Laune.

Also muss ich mich allein durchschlagen. Ich bin also mit meinem Rollstuhl, nachdem mich zwei ältere Damen aus dem Zug gewuchtet haben, weil die Rollstuhlfahrerplattform defekt war, an die Treppenkante gefahren, habe mir eine Dose Bier aufgerissen und Passanten beschimpft, damit sie mich hinuntertragen. Schließlich sollen wir Belege für die Behindertenfeindlichkeit unserer Gesellschaft sammeln, die morgen in einer Diskussionsrunde aufgearbeitet werden sollen, und da sollte man der Gesellschaft schon was bieten, finde ich.

»Na, Meester, wo soll't denn hinjehn?«, berlinert es hinter mir, und als ich mich mit dem Stuhl umdrehen will, verliere ich das Gleichgewicht am Treppenabsatz, so dass nur der Einsatz zweier prächtig tätowierter Arme die drohende Karriere als real Querschnittsgelähmter verhindert.

»Ma richtig steil unterwegs, der Kollege«, befindet eine Stimme, die klingt, wie die Arme aussehen. Sie gehört einem Fleischberg in Uniform, deren Namensschild ihn als Rekruten Malschowski ausweist. Neben ihm steht ein Rehpinscher von ahnungsweise menschlicher Gestalt, dessen einziger Daseinszweck es zu sein scheint, die weisen Sentenzen des Malschowski bekräftigend zu verdoppeln. »Steil unterwegs, der Kollege«, wiederholt also der ebenfalls uniformierte Pinscher und kichert.

»Lass ma Vattern machen«, grunzt das Ungetüm, und Pinscher sekundiert: »Vattern macht det schon.«

Dann wuppt mich Private Malschowski, der stämmige Stolz der ganzen Kompanie, mühelos aus dem Stuhl, wirft mich über die Schulter, während sich Pinscher erstens mein Bier und zweitens meinen Rollstuhl samt Rucksack schnappt.

»So, Meester, det macht achtfuffzich«, verkündet Malschowski, als er mich unten umstandslos in den Stuhl zurückplumpsen lässt. »Bier jeht aufs Haus«, keckert Pinscher in bemerkenswerter Eigenleistung.

»Nur Spaß«, brüllt Malschowski, schielt jedoch gierig nach meinem Rucksack, in dessen ausgebeulten Seitentaschen sein Kennerauge richtigerweise weitere Bierdosen vermutet.

»Wir trinken erstmal einen zusammen«, sagt er deswegen und schiebt mich Richtung Ausgang.

Die beiden stellen mich auf dem Bahnhofsvorplatz unter einer Laterne ab, setzen sich auf den Mülleimer daneben und fleddern ungeniert meinen Rucksack.

»Find ick jut von dir«, meint Malschowski immerhin, als sich seine Pranken um die zarten Dosen schließen. »Det is jewissermaßen Bejrüßungsbier.«

Die beiden Vaterlandsverteidiger stammen aus Brandenburg, erzählen sie, wo sie neuerdings als Panzergrenadiere der Bundeswehr wirken, es ist ihr erster Besuch im Westen, und einen Fremdenführer haben sie auch schon gefunden: mich. »Wir machen richtig eenen druff«, kommandiert Malschowski.

Malschowski, Vorname Rocco, wird sich nach seinem Wehrdienst als Berufssoldat verpflichten, von einem sozialdemokratischen Kanzler an den Hindukusch geschickt werden, dort mit einem schlecht gepanzerten Fahrzeug in eine Sprengfalle fahren, ein Bein verlieren und selbst Rollstuhlfahrer werden, aber noch ist Helmut Kohl Kanzler aller Deutschen, die Wiedervereinigung ist gerade mal ein paar Jahre alt und Malschowski steht fröhlich vor mir, legt mir die Pranke auf die Schulter und verlangt treuherzig zu wissen, was denn passiert sei.

»Was soll denn passiert sein?«, frage ich, und er zeigt auf den Rollstuhl.

»Ach das«, sage ich und gucke ihn traurig an, um Zeit zu gewinnen.

Wenn ich jetzt sage, dass ich angehender Zivi auf Selbsterfahrungstrip bin, bekomme ich todsicher aufs Maul. Das riecht man.

Motorradunfall klingt zwar plausibel, aber dann müsste ich mit den Jungs über Typen und Motoren fachsimpeln und würde sofort als Hochstapler auffliegen. Ich könnte natürlich die Treppe heruntergefallen sein, aber das ist mir irgendwie zu unspektakulär. Man hat schließlich nicht jeden Tag Gelegenheit, Mitbürger aus den neuen Ländern nach Strich und Faden zu belügen, man ist ja nicht die Treuhand. Da will man schon ein bisschen was hermachen.

Die beiden gucken mich gespannt an.

»Kriegsverletzung«, höre ich mich schließlich sagen.

Großartige Idee. Jetzt gibt's ganz sicher aufs Maul. Was Bescheuerteres kann man sich nicht ausdenken, das glauben sie mir nie.

»Echt?«, fragt Malschowski mit großen Kinderaugen. Er ist noch doofer als angenommen.

»Ja. Bosnien.«, entgegne ich knapp.

»Warste beim Bund?«

Das wird ja immer besser. Die beiden haben überhaupt gar keine Ahnung.

»Nee, Fremdenlegion«, sagt mein Mund. Natürlich. Wenn schon Militär, dann aber auch richtig.

Arglose Menschen bringen stets meine schlimmsten Charaktereigenschaften zum Vorschein: Ich lüge wie gedruckt und genieße es auch noch. Wenn es einen Gott gäbe, würde er mir den Malschowski schicken, dass er mir dafür aufs Maul haut, aber der nickt bloß beeindruckt.

Die beiden haben es sich zu meinen Füßen bequem gemacht, trinken mein Bier und schauen mich an wie Kinder den Weihnachtsmann, bevor sie herausbekommen haben, dass der bloß ihr Onkel ist. Natürlich will ich heldenhaft auf Seiten der Unterdrückten gekämpft haben und erzähle deswegen Folgendes:

»Es war in Sarajevo, Ende 1993. Wir lagen in der ausgebrannten Ruine eines Kaufhauses, um uns herum Berge von angesengter Damenunterwäsche, auf der Straßenseite gegenüber mordlustige Tschetniks, die sich zum Sturm bereitmachten.«

Damenunterwäsche? Tschetniks? Das ist doch krank. Was kommt als Nächstes? Das hier:

»Nur ein paar Sandsäcke in den Fensterhöhlen schützten uns vor dem mörderischen Feuer ihrer Bazookas. Mein Kamerad Sassari, der zur Legion gegangen war, weil er auf Sardinien in eine Blutrachegeschichte verwickelt war, lag neben mir. Ein Römer hatte mit seiner Schwester geschäkert, da hat er ihm die Kehle durchgeschnitten, das hat er sich nie verziehen», erkläre ich Sassaris Vorgeschichte. Diese Stelle ist natürlich bei Asterix geklaut, aber Malschowski und Pinscher sind mit DDR-Comics aufgewachsen und merken nichts.

»Eine Kugel hatte Sassaris Oberschenkel durchschlagen«, fahre ich fort, »aber er kämpfte mit zusammengebissenen Zähnen weiter. Unsere Munition ging zur Neige, Sassaris Kalaschnikow klemmte und er feuerte bloß noch aus einer alten Mauser, die ihm ein bosnischer Hirte geschenkt hatte, weil wir seine Tochter aus den Händen der Serben befreit hatten.«

Natürlich muss ich auch noch die Jungfrau vor dem Drachen gerettet haben. Wenn ich das hier überlebe, werde ich mich sofort in psychiatrische Behandlung begeben oder zumindest aufhören, Landserheftchen zu lesen. Wieso habe ich eigentlich den Kriegsdienst verweigert?

»Wir beide wussten, es würde unser letztes Gefecht werden«, sage ich und Malschowski schluckt.

»Die Tschetniks grölten, dass sie mit unseren Köpfen Fußball spielen würden, und nahmen uns unter Dauerfeuer. Das würden wir keine zehn Minuten überleben.«

Ich schaue hoch zum Dom, der sich schwarz und unbeeindruckt über unseren Köpfen erhebt. Das einzig Richtige wäre, sofort aus dem Rollstuhl zu springen und Fersengeld zu geben, aber mein linkes Bein ist eingeschlafen, weil es sich schon vollständig mit seiner Invalidenrolle identifiziert hat, außerdem will ich wissen, wie die Geschichte ausgeht.

»›Für mich ist die Reise hier zu Ende‹, sagte Sassari plötzlich, als uns eine gegnerische Salve um die Ohren pfiff. ›Aber du, du bist noch jung. Du hast dein Leben noch vor dir.‹«

Malschowski hat jetzt Tränen in den Augen, der Pinscher winselt fast. Wenn ich jetzt noch eine Trompete hervorzöge und »Ich hatt' einen Kameraden« spielte, würden die beiden vor Rührung zerfließen.

Ich mache eine Kunstpause und blicke Malschowski lange an, mittlerweile habe ich gar keine Skrupel mehr. Den bring ich zum Heulen, beschließe ich. Aber sowas von.

»›Geh jetzt‹, sagte Sassari, als die Serben ins Untergeschoss eindrangen. Ich wollte widersprechen, doch mein Kamerad legte mir seinen Finger auf die Lippen. ›Es ist gut, dass es vorbei ist‹, sagte er. Das waren seine letzten Worte.«

Ich hab's geschafft. Malschowski und Pinscher haben angefangen zu heulen. Der tätowierte Hüne starrt in den Himmel, während ihm dicke Tränen die Wangen herunterlaufen, und Pinscher wiederholt immer wieder Sassaris letzte Worte, bis er von Weinkrämpfen geschüttelt wird. Jetzt muss ich nur noch ein gutes Ende finden, dann lasse ich die beiden zu Ehren von Kamerad Sassari einmal im Stechschritt um den Dom marschieren und nehme den nächsten Regionalzug Richtung Waldbröl. Man soll aufhören, wenn es am schönsten ist.

»Ich flocht mir also ein Seil aus Büstenhaltern, die vor dem Krieg im Angebot gewesen sein mussten, weil sie zu Hunderten um die umgestürzten Grabbeltische herumlagen, und band das Seil am Fensterkreuz fest. Wir umarmten uns ein letztes Mal, und während Sassari sich mit wütendem Kampfgeheul dem Feind entgegenwarf, seilte ich mich aus dem Fenster ab. Blöderweise sind die BHs gerissen und seitdem bin ich querschnittsgelähmt.«

Was für ein bescheuertes Ende. Ich habe mein Blatt erzählerisch vollkommen überreizt und das merken sogar meine beiden Rekruten. Sie glotzen mich blöde an, die Stimmung kippt. Malschowski wischt sich grimmig die Tränen weg und knautscht mit einer Hand seine Dose zu Klump. Verdammt, ich hätte die Damenunterwäsche weglassen sollen, die muss mein Unterbewusstsein in die Geschichte hineingemogelt haben. Diese Selbsterfahrungstrips sind aber auch eine fiese Angelegenheit, man erfährt hauptsächlich Sachen über sich, die man eigentlich gar nicht wissen wollte. Ich, zum Beispiel, bin ein manischer Lügner mit Hang zu Militarismus und Damenunterwäsche.

Hätte ich auch nicht ohne Weiteres vermutet, grüble ich, doch Malschowski entbindet mich von weiterer Seelenzergliederung.

»Det jloob ick dir nich, Freundchen«, röhrt er und tippt mir leicht gegen die Brust.

Ich falle samt Rollstuhl hinterrücks um, bin aber geistesgegenwärtig genug, keine unbedachten Bewegungen mit den unteren Extremitäten zu machen, außerdem bildet sich mein linkes Bein immer noch ein, den Heldentod gestorben zu sein.

»Es ist gut, dass es vorbei ist«, murmele ich, bleibe wie ein Käfer auf dem Rücken liegen und harre meines Endes, das in Gestalt eines feisten und angetrunkenen Racheengels aus dem Brandenburgischen auf mich herabschielt.

Doch in diesem Moment blitzt es, grellweiße Lichter tanzen vor meinen Augen und für einen Moment sehe ich den toten Kameraden Sassari, der seine Hand nach mir ausstreckt. Er kommt mich holen, wir werden gemeinsam in Walhall sitzen und unter Büstenhaltergirlanden Met trinken. Soll mir recht sein. So scharf bin ich nun auch wieder nicht auf Zivildienst.

Doch letzten Endes steht bloß der grinsende Rufus Thelmann über mir. Ich habe ihn noch nie lächeln sehen, fällt mir auf, aber diesmal ist er sichtlich enthusiasmiert. Der letzte Popper schwenkt die Frisur, hält einen Fotoapparat in der Hand und damit die beiden Rekruten in Schach.

»Wir ham nüscht jemacht«, jault Pinscher, während der letzte Popper weiter Fotos aus der Hüfte schießt. Thelmann hat sich als Mitarbeiter einer großen Boulevardzeitung ausgegeben, der er in der Tat kurze Zeit später sein wird, bis er auf der A4 auf dem Weg zum Tätermutterinterview eine Marienerscheinung haben wird. Daraufhin wird er seinen Porsche samt Koksresten im Handschuhfach zum Schleuderpreis verkaufen und in einem indischen Lepradorf anheuern. Aber noch steht er mit seiner Kamera vor dem Kölner Hauptbahnhof und betreibt schonungslos investigativen Journalismus, dass sich die Balken biegen. Dass die beiden Wehrpflichtigen aus dem Osten sind, hat er schon herausbekommen.

»Gemeine Ossis überfallen wehrlosen Behinderten«, titelt er dröhnend in die Öffentlichkeit, und die reagiert umgehend. Wenn die Öffentlichkeit in der Überzahl ist, kann sie nämlich ganz schön Zivilcourage zeigen. Eine Horde Rentner aus dem Bergischen Land ist von dem Lärm angelockt worden, sie wollten in der Großstadt etwas erleben und endlich geht ihr Wunsch in Erfüllung.

»Sind unsere Straßen noch sicher?«, fragt Thelmann, ein paar Rentner schütteln den Kopf, aber der letzte Popper setzt nach: »Sind unsere Straßen noch sicher«, wiederholt er, »wenn sich sogar im Angesicht des heiligen Doms die ostdeutschen Horden breitmachen?« Thelmann hat sogar einen rheinischen Zungenschlag angenommen, obwohl er aus Iserlohn stammt. Jetzt schütteln alle Rentner den Kopf. Rufus klingt ein bisschen wie Adenauer und die beiden Soldaten stürzen in einen Abgrund von Landesverrat.

»Ist das der Dank für vierzig Jahre Westpakete?«, deklamiert der letzte Popper und weist mit Cäsarengeste auf die beiden Angeklagten des Bergischen Rentnertribunals.

»Ist das der Dank dafür, dass wir sie aufgenommen haben wie Brüder und Schwestern, obwohl sie allesamt in der Wolle gefärbte Kommunisten sind?«

Die Rentner murren. Kommunisten gehen immer, aber Thelmann legt noch eine Schippe drauf.

»Ist das der Dank, dass wir unsere Renten mit ihnen teilen?«, brüllt er.

Jetzt sind die bergischen Rentner fuchsteufelswild, bei ihrer Rente hört der Spaß auf.

»Wir ham ihn bloß die Treppe runterjetragen«, verteidigt sich Malschowski, aber der gewiefte Populist Thelmann macht ihn jetzt persönlich für Schießbefehl und Stalinismus verantwortlich.

Immer enger schließt sich der Kreis der Grauköpfe um die beiden Rekruten, bis Pinscher den Rückzug einleitet.

Der letzte Popper hilft mir samt Rollstuhl auf, drückt mir einen Zehnmarkschein in die Hand, den er keine Viertelstunde später zurückfordern wird, klopft mir auf die Schulter und sagt so laut, dass es alle hören können: »Aber nicht für Schnaps ausgeben, junger Mann!«

9 Heute steht mein erster Ausflug an und alle Bewohner müssen mit. Sogar Günther. Wenn neue Zivildienstleistende an Bord gekommen sind, wird gemeinschaftlich in den Zoo gegangen. Die Chefin besteht darauf und duldet keine Widerrede.

»Einmal im Jahr«, hat sie zu Günther gesagt, »einmal im Jahr wirst du das aushalten können.«

Günther hat genickt und sie dabei so herzerweichend angeschaut, dass sie ihn in den Arm nehmen musste.

Sie war ein bisschen verlegen, als ich ins Wohnzimmer gekommen bin, weil sie mir gegenüber als professionelle Sozialmanagerin und nicht als Ersatzmutti auftreten will und jetzt Günther abknutschte wie einen Fünfjährigen. »Das sind erwachsene Menschen«, hatte sie mir am Vortag noch erklärt, »mit ihren Rechten und Pflichten. Und ihrer Würde.«

Nicht dass Günther unglücklich ausgesehen hätte. Im Gegenteil. Günther mag Liebe. Notfalls auch welche von Menschen.

Vier Stunden später stehe ich mit meiner Kleingruppe vor der riesigen Tafel mit dem Wegeplan und erkläre unsere Wanderroute, die wir uns für die nächsten zweieinhalb Stunden vorgenommen haben, damit wir möglichst alle Tiere sehen können.

Mehr Zeit haben wir nicht mehr für den Zoobesuch, weil wir Günther beim Umsteigen auf der Herfahrt versehentlich vergessen haben. Er war still und heimlich im Zug sitzengeblieben und ich musste ihn mit dem Taxi an der Endhaltestelle abholen. Dort fand ich ihn auf dem Gepäckträger eines Mofas, dessen Besitzer ihn immer wieder um eine nahegelegene Verkehrsinsel karriolte, während seine Kumpels die beiden dabei anfeuerten.

»Er wollte das so«, erklärte mir einer von ihnen, und Günther sah tatsächlich hochzufrieden und irgendwie verändert aus. Aber das lag daran, dass er Lipgloss aufgelegt hatte, außerdem zog er eine Spur von süßlichem Kleinmädchenparfüm hinter sich her.

»Das hat er sich gewünscht«, behauptete ein giggelndes Ding mit Zahnspange, das zweifelsfrei als Spenderin auszumachen war. »Er ist voll süß«, sagte das Ding und guckte das rasende Osterei verzückt an. Günthern eignet tatsächlich eine gewisse Puppenhaftigkeit. Er ist ein sehr kleiner, rundlicher Mann mit zartgliedrigen Händen und feinen Gesichtszügen, der zudem über die Gelassenheit eines Yogi kurz vor Eintritt ins Nirvana verfügt. Kurz gesagt: Günthern ist vollkommen schnuppe, was mit seiner leiblichen Hülle veranstaltet wird; schon deswegen wird er gerne mal im Zug vergessen oder mit einem sehr gutmütigen Haustier verwechselt.

Aber wenn man ihn sich genauer anschaut, wie er sich ebenso gleichmütig wie rätselhaft lächelnd von lärmenden Heranwachsenden im Kreis herumfahren lässt, wirkt es, als habe er diesen ganzen Zinnober absichtlich veranstaltet und verfolge damit irgendeinen kosmischen Plan, für den wir als Normalsterbliche zu blöd sind. Aber das könnte auch bloß eine Theorie sein, die mir mein schlechtes Gewissen souffliert hat, weil ich es war, der ihn beim Umsteigen hätte mitnehmen müssen. Immerhin schien sich Günther prächtig zu amüsieren, sogar die Mofajungs fanden ihn cool und haben gefragt, ob sie ihn behalten dürften.

»Ich habe ihm sogar Snickers aus dem Kiosk geklaut, dafür krieg ich noch Geld von dir«, behauptete der Anführer, als er sein Gefährt zum Stehen gebracht hatte, worauf Günther aber sofort abgestiegen und grußlos Richtung Haltestelle gewackelt war.

»Tja«, sagte ich, »vielen Dank. Aber wie ihr seht, müssen wir jetzt gehen.« Und dann ließen wir die Jugendlichen stehen.

In der Bahn wurden wir von den Passanten mit leisem Argwohn beobachtet, weil Günther seine Schminke zwar mittlerweile am Pullover abgewischt, aber unverändert penetrant nach diesem Maiglöckchen-Gummibärchen-Gemisch gerochen hat.

Im Zoo waren die Bewohner schon in Kleingruppen aufgeteilt worden und ich bekam, was übrig war. Solche Aufteilungen laufen wie die Wahlen zur Fußballmannschaft in der Unterstufe ab und deswegen besteht meine Kleingruppe aus Milva, Günther und Horsti.

Sie sollen unter meiner Leitung den Zoo erkunden, und ich weiß jetzt schon, dass es schiefgehen wird. Ich bin nicht gerade der geborene Anführer, aber mit diesen Dreien hätte sogar Dschingis Khan seine Not gehabt. Der kann froh sein, dass er bloß Mongolen zu befehligen hatte und nicht Mongoloide, sonst wäre er nicht so lange Chef geblieben.

Natürlich sind nur Milva und Günther »Mongölchen«, wie meine Mutter immer noch gerne sagt. Danach schlägt sie ihre Hand auf den Mund, meint: »Huch, darf man ja nicht mehr sagen«, und sagt es beim nächsten Mal wieder.

Was dagegen medizinisch mit Käpt'n Horsti los ist, weiß kein Mensch. Er ist halt ein Horsti oder, besser gesagt, ein kapitaler und ausgewachsener Vollhorsti allererster Kajüte.

Wegen der langen Wege hatte die Leiterin unseren Bewohnern heute Morgen leichtes Marschgepäck verordnet, was aber höchst unterschiedlich interpretiert worden ist. Milva hat neben einer Butterbrotdose tatsächlich nur das Allernötigste mit: eine Stoffgiraffe, ihren Lieblingsmorgenmantel und ein gerahmtes Bild ihrer Familie, mit dem sie bereits im Zug hausieren gegangen ist, um sich bei allen Mitfahrenden vorzustellen.

Käpt'n Horsti führt eine voluminöse Reisetasche mit sich, in die er aber keinen reingucken lässt, weil er angeblich im Geheimauftrag der Bundesregierung unterwegs ist, und Günther hat einen unbeobachteten Moment zu Hause im Fahrstuhl genutzt, um seinen Rucksack dort zu vergessen. Vielleicht hat er schon gewusst, dass ein Mofaproll die Tagesverpflegung für ihn am Kiosk klauen würde. Ausschließen würde ich das jedenfalls nicht.

Ich zeige noch einmal auf den Spielplatz, zu dem sie sich im Notfall durchfragen oder hinbringen lassen sollen. Falls eine der Herrschaften verlorengehen sollte, sage ich und drehe mich zu meiner Kleingruppe um. Die Ansprache hätte ich mir sparen können, die Herrschaften sind nämlich bereits verlorengegangen.

Als Ersten finde ich Günther wieder, und zwar vor dem Teich direkt am Eingang. Im Tümpel steht ein einsamer Flamingo auf einem Bein und schläft, den Kopf hat er ins Gefieder gesteckt und auf der anderen Seite des Zauns tut Günther desgleichen, nur eben im Sitzen. Er hat es sich unter einem Schild bequem gemacht, sein Kopf ist in den Nacken gerutscht und der Mund steht offen. Auf dem Schild steht »Bitte nicht füttern« und deswegen muss ich erst mal eine Menge Väter auf Fotosafari verscheuchen, die ein superlustiges Motiv gefunden zu haben glauben, mit dem sie ihren Dia-Abend aufpeppen könnten. Dann mache ich dasselbe Foto, aber bei mir ist es etwas anderes.

Ich verfrachte Günther auf eine Parkbank, wo er sofort wieder einschläft, nachdem er die beiden Omas zuckersüß angelächelt hat, in deren Mitte ich ihn platziere. Die beiden Omas gehen jeden Tag in den Zoo, um heimlich die Eichhörnchen zu füttern, erzählen sie mir, aber heute werden sie Güntherchen füttern, das ahne ich schon, denn sie reagieren genau wie das Mädchen mit der Zahnspange. Aber wie gesagt, Günther mag Liebe.

Milva zu finden sollte eigentlich nicht allzu schwer werden, sie ist zwar wesentlich besser zu Fuß als Günther, aber auch deutlich auffälliger. Milva heißt übrigens so, weil sie am selben Tag wie die Sängerin Geburtstag hat, außerdem hat sie ebenso rote Haare, wenn auch nicht unbedingt denselben Friseur. Unsere Milva steht nämlich eher auf selbstgemachte Dreadlocks, und egal wie oft sie von unserer Leiterin zum Haareschneiden geschickt wird – am nächsten Tag hat sie doch immer wieder ihren Filz auf dem Kopf. Das liegt daran, dass Milva beim Nachdenken mit ihrer Handfläche kreisförmig über ihren Kopf zu schrubben pflegt – und Milva denkt viel nach.

Ich finde sie denn auch in ein philosophisches Streitgespräch mit einem Gärtner vertieft.

»Ich kann nämlich lesen«, sagt Milva gerade.

»Wie schön«, antwortet der Gärtner etwas unsicher.

»Da steht: Betreten verboten.«

»Ja. Und?«

»Du stehst aber trotzdem da.«

Milva duzt alles und jeden. Sie hat Hippieeltern und ist auf einem Biohof im Westerwald aufgewachsen. Ihre Eltern haben kein Problem damit, dass Milva behindert ist, und das sagen sie ihr auch jedes Mal, wenn sie zu Besuch sind. Sie haben eher ein Problem damit, dass Milva gern Schlager hört.

»Ich darf das«, sagt der Gärtner.

»Warum?«

»Weil ich hier gerade arbeiten muss.«

»Der da arbeitet auch gerade hier.«

Milva zeigt über ihre Schulter in meine Richtung.

»Das ist mein Zivi«, sagt sie, ohne sich umgedreht zu haben.

»Er muss alles aufräumen und so. Genau wie du.«

»Und?«

»Er darf aber nicht auf den Rasen, ne?«

»Nein«, sagt der Gärtner.

Milva dreht sich um und mustert mich etwas abschätzig.

»Hab ich mir gedacht.«

Ein Supergespräch. Sokrates wäre stolz auf sie, aber Milva ist schon beim nächsten Thema: ihrer Familie.

»Das ist meine Mutter«, sagt sie und zeigt dem Gärtner das Foto einer dicken Frau im Batikkleid, die ein Ferkel in der Hand hält.

»Wir haben auch Tiere, aber zum Essen«, erklärt Milva.

Der Gärtner nickt. Milva entziffert das Schild neben dem Gehege.

»Wie schmeckt Helmkasuar?«, fragt sie dann.

Zu meiner Überraschung sagt der Mann: »Wie Hühnchen.«

Die beiden verstricken sich daraufhin in ein Fachgespräch über Aufzucht und Hege von Geflügel, bei dem Milva mühelos mithalten kann. Das überrascht den Gärtner, jetzt zeigt er plötzlich ehrliches Interesse.

Milva zählt die Namen aller Hühner auf, die ihre Familie je gehabt hat, und der Gärtner, der Wert darauf legt, dass er eigentlich Tierpfleger sei, gibt sich beeindruckt.

»Ich singe ihnen vor, damit sie mehr Eier legen«, erklärt Milva und der Mann nickt.

Das mache ich auch, sagt er und dann fragt er, ob Milva den Emus etwas vorsingen möchte, die würden sich in letzter Zeit etwas schwertun.

Milva möchte. »Ich mag dich«, sagt sie. Das hat sie zu mir noch nicht gesagt, bemerke ich und bemühe mich, nicht eifersüchtig zu sein.

Ich verabrede mit den beiden einen Treffpunkt am Affenfelsen und kann mich dann endlich um Horsti kümmern. Horsti hat heute seinen braunen Cordanzug, eine graue Wollkappe mit Fischgrätmuster und Gummistiefel angezogen, er sieht aus wie ein etwas ramponierter Veterinär, und mit diesem Outfit könnte er im Zoo ziemlichen Schaden anrichten.

Horsti habe nämlich die Angewohnheit, hat man mich gewarnt, sich bei Ausflügen fremden Gruppen anzuschließen. In der Öffentlichkeit lässt er sich ungern mit anderen Behinderten sehen – die Leute könnten ja denken, er gehöre dazu.

Am liebsten mag Horsti Kegelvereine, weil die meist schon so betrunken sind, dass er da gar nicht weiter auffällt. Er sucht sich dann einen Kegelbruder aus, meist den Wortführer oder den mit den dreckigsten Witzen, stellt sich daneben, lacht demonstrativ über jeden der Scherze und versucht damit gegenüber dem Rest der Truppe den Eindruck zu erwecken, er sei auf persönliche Einladung des Chefs hier.

Meist kommt er ziemlich weit mit dieser Masche, und wenn es

richtig gut läuft, glaubt er es irgendwann selbst. Im letzten Jahr mussten sie Horsti aus einem Reisebus zerren, der nach Belgien fahren sollte. Er hatte sich mit dem Busfahrer angefreundet, ihm glaubhaft versichert, er sei der Alleinunterhalter, und dann mit der Reisegesellschaft »Hoch auf dem gelben Wagen« angestimmt.

Sie mussten unsere Chefin hinschicken, weil Horsti den Zivi öffentlich verleugnet hatte und auch der Busfahrer diesem Langhaarigen nicht recht glauben wollte, obwohl ihm Horsti zu diesem Zeitpunkt schon etwas halbseiden vorgekommen sein musste, weil er ständig neue Strophen erfand und dazu mit freiem Oberkörper im Gang tanzte, während die mitreisenden Greise sich hinter ihm zur Polonaise formierten. Normalerweise sind Kaffeefahrtgruppen erst auf der Rückreise so ausgelassen.

Ich laufe also den Zoo ab und suche nach Gruppen, die in Horstis Beuteschema passen könnten. Aber diesmal hat sich Horsti keiner Gruppe angeschlossen, er hat sich selbst eine zusammengesucht. Wenn er Serienmörder wäre, würde man sagen, er perfektioniere seine Methode. Die Handschrift ist noch erkennbar dieselbe, aber das Muster wird komplexer und vielschichtiger.

Horsti hat sich eines dieser weißen Schilder organisiert, die hinter dem Kassenhäuschen in einem Schirmständer stecken, »Tourguide« steht darauf. Ich habe ihn damit schon vorhin herumfummeln sehen, bis unsere Chefin gesagt hatte, er solle die bloß stehenlassen.

Hat er aber nicht. Horsti hat viel zu gerne Publikum, und die meisten Leute kommen halt am Affenfelsen zusammen – besonders wenn man sie mit einer kostenlosen Führung anlockt.

Da hätte ich auch früher drauf kommen können.

Horsti wedelt mit seinem Schild in der Luft herum und ist auf eine Bank gesprungen, damit die Leute ihn besser hören können.

Man sieht ihm die Spannung an, es hat ihn wirklich gepackt. Er hat den Affen die Namen von seinen Lieblingswrestlern gegeben und erfindet ihnen Biografien. Das große Männchen, das auf der höchsten Erhebung des betonierten Felsens thront, ist der »Undertaker«. Er habe zehn Großwildjäger getötet, erklärt Horsti, als man ihn damals in Afrika gefangen habe, denn er sei der größte und stärkste Affe weit und breit gewesen, obwohl oder weil er im Heim aufgewachsen sei.

Die Leute gucken skeptisch auf den Pavian, der friedlich in der Sonne döst, und dann auf den dicken Mann, der mit hochrotem Kopf auf der Bank herumspringt.

Der Einzige, der es mit ihm aufnehmen könne, sei Hulk Hogan. Horsti zeigt mit großer Geste auf ein kleineres Tier, das ein Junges mit sich herumträgt.

»Das ist ein Weibchen«, bemerkt ein Zuschauer, der auch ein Junges mit sich herumträgt.

»Natürlich ist Hulk Hogan eine Frau, er hat ja lange Haare«, sagt Horsti unbeeindruckt und fährt mädchenhaft durch seine etwa schütteren Locken. Ein paar Frauen applaudieren, Horsti verbeugt sich.

Die Leute haben längst bemerkt, dass Horsti kein richtiger Tourguide ist, aber die meisten finden seine Show trotzdem ganz gut. Er hat nämlich jetzt angefangen, den Affen seine Stimme zu leihen, und synchronisiert deren Unterhaltungen. Horsti entwirft Miniaturdramen und Szenen, von einem Ehestreit blendet er in Verkaufsgespräch über, kurz unterhalb des Gipfels des künstlichen Felsens entdeckt er eine Bergexpedition, die ihre Fahne zu Hause vergessen hat und jetzt noch mal zurückmuss.

»Der hat sie doch nicht mehr alle«, ruft ein Mann. Ein paar Leute lachen.

»Du Kackheini, du«, brüllt Horsti zurück. Mit Horstis Temperament ist es so eine Sache – seine Stimmung schlägt schnell um. Und so überschäumend, wie er seine Geschichten erzählt, so vehement reagiert er auch, wenn er sich angegriffen fühlt.

Wahrscheinlich sollte ich jetzt eingreifen, immerhin bin ich ja für ihn verantwortlich. Aber wenn ich Horsti jetzt anspräche, würde jeder merken, dass ich ein Betreuer bin, der ihn zur Ordnung ruft, und das hasst er. Verständlicherweise, finde ich. Außerdem ist er furchtbar nachtragend – und Horsti ist wesentlich angenehmer, wenn er einen mag. Außerdem ist die Show wirklich gut. Der Zwischenrufer hebt bereits beschwichtigend die Hände, als Horsti ihn noch einmal mit »Kackheini« anspricht, und weil die anderen Zuschauer Horsti animieren, doch weiterzuerzählen, ist er schnell wieder versöhnt.

Er feixt, baut sich in Rhetorenpose auf, streckt die Arme zum

Himmel und beginnt, von Hulk Hogans Jugend zu erzählen. »Er hat auf einem Schiff gearbeitet, wo nur Affen waren«, fabuliert er. »Sie sind in der Südsee herumgefahren und haben mit Tellern jongliert. Damit sind sie dann aufgetreten. Es war ein gutes Leben.«

»Und warum ist er dann hier?«, fragt jemand.

»Na ja«, grinst Horsti, und macht eine Kunstpause, bevor er den Faden wieder aufnimmt. »Sie haben auf einer Insel gewohnt.«

»Ich dachte, auf einem Schiff«, ruft der Mann, aber Horsti lässt sich nicht aus dem Konzept bringen.

»Nur wenn sie arbeiten mussten, es war ja ein Dienstschiff. Sonst haben sie auf der Insel gewohnt. Es war ein Felsen mitten im Meer.« Horsti zeigt auf die Anlage, sie ist von einem Wassergraben umgeben.

»Im Meer gab es viele Haie.« Er zeigt auf die dicken Karpfen, die unbeweglich unter der Wasseroberfläche des Grabens stehen, und die Leute kichern. Horsti wertet das als Zustimmung, holt einmal tief Luft und serviert seinen Zuhörern dann eine Räuberpistole, die sich gewaschen hat.

Es ist keine Geschichte im eigentlichen Sinne, weil Horsti ganz offensichtlich nichts vom linearen Erzählen hält. In verschiedenen Neben- und Rahmenhandlungen mäandert die Handlung dahin, Hauptdarsteller verschwinden urplötzlich und werden durch neue ersetzt oder tauchen wieder auf, wenn sie wieder gebraucht werden.

Neben Affen und Haien treten ein freundlicher Riesenkrake, den Horsti nach seinem gesetzlichen Vormund »Frau Schwensen« getauft hat, ein gigantischer Wellensittich, der den anderen Tieren das Essen klaut, und die Affenmutter auf, die aber stirbt, weil sie schon sehr alt ist.

Horsti muss fast heulen, als er es erzählt. Die Leute finden ihn seltsam, aber interessant.

Dann geht es ganz mit ihm durch, die Erzählung des Todes der Affenmutter hat ihn offensichtlich aus dem Tritt gebracht. Horstis lustige Bilderbuchwelt färbt sich zunehmend dunkel und aus dem Affenschiff wird ein Narrenschiff, das Hieronymus Bosch nicht dämonischer hätte skizzieren können. Horstis Stimme wird schriller, er fuchtelt wie ein Wanderprediger mit dem Zeigefinger in der Luft herum, während aus den freundlichen Tierfiguren anthropomorphe Monstren werden. Wenn ich ihn richtig verstehe, was zunehmend schwieriger wird, weil Horsti ziemlich belfert, dann werden diese Kreaturen zu allem Überfluss von Dämonen gepeinigt, die im Weltall wohnen.

Horsti entwickelt da eine hochinteressante, wenn auch erschreckend unwirtliche Privatmythologie, die eigentlich zu denselben Schlüssen kommt wie H. P. Lovecraft, nur eben wesentlich schneller und mit weniger Adjektiven. Bei Horsti sind es auch keine interessanten Gedankenexperimente, sondern tatsächlich Berge des Wahnsinns, deren Spitzen aber nur ganz gelegentlich durch die watteweiche Wolkendecke des Käpt'n Alltagshorsti stoßen.

Jetzt finden die Leute ihn nur noch seltsam, bloß ich finde es immer noch interessant.

Mütter ziehen ihre Kinder weg, die eben noch glucksend dem seltsamen Mann zugehört hatten. Horsti steht einsam auf seiner Bank und brüllt spuckend und schäumend seine psychische Störung heraus.

Ich würde zwar gerne noch ein wenig zuhören, aber trotzdem sollte jemand etwas tun. Die Zuschauer sind zurückgewichen und schauen entweder demonstrativ in eine andere Richtung oder sich gegenseitig an, damit jemand die Verantwortung für diesen Irren übernimmt.

Das wäre jetzt mein Einsatz.

Ich bin aber nicht so gut in diesen Dingen. Ich stehe lieber am Rand und schaue mir Sachen an. Wenn man sich einmischt, wird es ja meist noch komplizierter, und irgendwann steht man zusammen auf der Brücke. Ich wüsste zum Beispiel auch gar nicht, was ich zu Horsti sagen sollte.

So, Horsti, jetzt genug bescheuert gewesen, Zeit zum Mittagessen? Das kann man doch nicht sagen.

Super, Horsti, wird alles wieder gut, war nur ein böser Traum? Geht auch nicht.

Alles klar, Horsti, ich verstehe dich mit jeder Faser meines Herzens? Wohl kaum. Ich habe nicht die geringste Ahnung, was in dem Mann vorgeht, ich habe ohnehin nicht die geringste Ahnung, was überhaupt in irgendeinem Menschen vorgeht.

Ich könnte mich einfach zu Horsti auf die Bank stellen und mit ihm zusammen brüllen, bis sie uns beide abholen, aber das ist ja auch keine Lösung. Ich habe außerdem nichts gegen Affen, und aus dem Lovecraft-Alter bin ich eigentlich auch raus.

Ein paar Angestellte des Zoos nähern sich, jemand hat sie verständigt, weil ein Verrückter die Affen beschimpft. Das wäre jetzt ganz dringend mein Einsatz. Ich fasse mir ein Herz, trete aus dem Schatten des Baumes heraus und fahnde nach einer Strategie, wie ich Horsti beruhigen könnte.

»Hey«, sagt da ein Mädchen zu Horsti, doch der beachtet sie gar nicht, sondern schleudert den Affen und dem Universum weiterhin wüste Flüche entgegen.

»Hey«, sagt sie noch einmal und zupft ihm am Ärmel. »Hör auf, das nervt.«

Horsti schaut auf sie herunter. Er wischt sich mit der Hand durch das Gesicht und sagt dann: »Tut mir leid.«

»Kein Problem«, sagt das Mädchen und geht. Horsti setzt sich umstandslos auf die Bank, packt eine Stulle aus der Tasche und isst sie. Die Zoowärter schauen kurz misstrauisch, drehen dann aber bei. Horstis ehemalige Zuschauer haben sich anderen Attraktionen zugewandt: Zwei Affen haben angefangen zu ficken.

Was war das denn bitte? Hör auf, das nervt? Damit kann man doch keinem kommen, der gerade noch seinen Irrsinn in die Welt geschrien hat, weil ihn so eine erfundene Affengeschichte aus Versehen in die Untiefen der eigenen Seele geführt hat. Das ist doch eine hochkomplexe Situation, da muss man doch etwas wesentlich Klügeres sagen.

Bis mir etwas Klügeres einfällt, lasse ich Horsti noch ein wenig auf seiner Bank sitzen, er wirkt jetzt ganz friedlich und schaut den Affen zu. Einige Wochen später wird er ein Bild dieser beiden fickenden Affen malen, sie hocken auf einem Schiff und darüber schwebt eine Wolke, auf der die Affenmutter thront, während aus dem Meer Kraken und Haie ihre Häupter recken und von den Bildrändern finstere Augen aus dunklen Wolken das Geschehen überblicken. Zu Horstis erster Ausstellung wird Musa al-Shukri eine Rede über dieses Bild halten. Es geht darin um Erlösung, Kunst und die notwendige Überbetonung des Ausdruckshaften in derselben. Ich habe Horsti den Text der Rede mal vorgelesen, weil wir an diesem Abend beide zu aufgeregt waren, um zuzuhören. Er hat genickt und gesagt, dass er Musa gerne mag, weil er so gut Menschen malen kann.

Milva kommt auf einer Schubkarre voller Laub angefahren, daran hängt schnaufend ihr Tierpfleger; sie wirkt insgesamt nicht unglücklich.

»Wir haben Mama angerufen, Gerd kommt uns am Wochenende besuchen. Er möchte gern ein Schwein taufen.«

Milvas Eltern taufen alle Tiere, bevor sie gegessen werden. Es ist so ein ganzheitliches Ding: Man muss die Seelen der Tiere erkennen, bevor man sie töten darf, hat ihre Mutter mir beim Elternfrühstück erklärt, außerdem tauft Milva für ihr Leben gern Tiere. Ihre beiden Meerschweine bekommen sogar jede Woche neue Namen, obwohl sie nie gegessen werden. Glücklicherweise sind Milvas Eltern biodynamische Nebenerwerbs-Obstbauern und keine Hühnerbarone; sie halten nur ein paar Viecher für den Eigengebrauch.

Die beiden verabschieden sich herzlich, mit Umarmung und Wangenkuss.

Wir schlendern hinüber zu Horsti. Milva hakt sich bei mir ein, das hat sie noch nie gemacht und deswegen freue ich mich.

»Alles klar, Käpt'n?«, frage ich Horsti.

»Keine besonderen Vorkommnisse«, sagt Horsti und salutiert.

»Na dann«, sage ich.

Milva informiert mich darüber, dass sie Güntherchen mit zwei fremden Omas auf einer Bank getroffen habe. Sie habe ihn angewiesen, dort sitzenzubleiben, bis sie Hilfe geholt habe.

»Das war vor anderthalb Stunden«, sagt sie und zeigt mir die Uhrzeit auf ihrer Armbanduhr.

»Ich glaube nicht, dass er irgendwo hingegangen ist.«

Milva glaubt das auch nicht. Weil es nämlich faul ist, das Güntherchen, sagt sie. Und natürlich ist er noch dort. Er hat Schokolade im Gesicht, ist aber sonst wohlauf.

Mit vollkommen grundlosem Stolz liefere ich meine Kleingruppe vollständig am verabredeten Treffpunkt ab. Unsere Leiterin fragt, wie mein erster Ausflug gewesen sei.

»Keine besonderen Vorkommnisse«, sage ich und salutiere. Horsti grinst.

10

Tante Matthes ist aus dem Kurs für Aktzeichnen geflogen, weil er eine Erektion bekommen hat.

Wahrscheinlich passiert das häufiger, aber wenn man ausgerechnet das Modell auf dem Podest ist, fällt es natürlich sofort auf, besonders wenn man so, sagen wir mal, unbefangen damit umgeht wie Tante Matthes. Andere Modelle hätten rechtzeitig um eine Pause gebeten, an die nächste Steuererklärung gedacht oder sich auf den unheimlichen Typen vorne links konzentriert, der beim Zeichnen immer grunzt, obwohl man froh sein kann, wenn er mal zeichnet, denn sonst sitzt er nur da und starrt die Modelle an, als wolle er sie nicht malen, sondern lieber zerhacken und bei Vollmond im Wald vergraben. Bei Matthes hat er allerdings wild in seinem Skizzenblock herumgeschmiert und dabei laut geflucht. Aber das ließ man ihm als künstlerische Leidenschaft durchgehen.

Mir jedenfalls ist absolut schleierhaft, wie man unter solchen Umständen zu einer Erektion kommen kann.

Aber Tante Matthes ficht so etwas nie an, er hat seinem Pimmel beim Aufrichten zugeschaut und dann mit der Eichel gewackelt, weil er sehr stolz auf diese Fähigkeit ist. Kein Wunder. Er hat ja sonst nicht so viele.

Dabei hat Matthes verschwörerisch in die Runde geblinzelt, bis sich jemand beschwert hat.

Es war ausgerechnet der feindselige Grunzer.

»Machen Sie das weg«, hat der Kursleiter gesagt, worauf Matthes gefragt hat, ob er sich jetzt auch noch einen runterholen soll, und damit war er endgültig seinen Job los.

Dabei war der ganz gut bezahlt, obwohl ich glaube, dass es ihm weniger ums Geld ging. Matthes ist nämlich immer an Gelegenheiten interessiert, sich in Gesellschaft nackig zu machen.

Neulich hat er Marie auf einer Party überredet, mit ihm die Unterwäsche zu tauschen, und zwar kurz nachdem ich mich auch endlich entschieden hatte, sie anzusprechen, aber noch kein passendes Konversationsthema gefunden hatte. Denn nur weil ich prinzipiell auf der Suche nach Sarah bin, heißt das ja nicht, dass mich das ganze Geschlechtsleben nichts mehr anginge.

Aber weil Marie das insgesamt nicht hatte ahnen können, außerdem schon sehr betrunken war und wohl auch was Verrücktes tun wollte, das sie am nächsten Tag ganz sicher bereuen würde, hat sie Matthes' Vorschlag zugestimmt und ist kurze Zeit später in seinen Boxershorts herumgelaufen. Da ist mir dann erst recht kein Thema mehr eingefallen.

Matthes selbst ist den ganzen Abend mit einem knappen roten Dreieck vor dem Gemächt herumgelaufen, aus dem seitlich seine Eier heraushingen, bis er auch diesen Fetzen von sich geworfen hat, weil jemand »Die Kassierer« aufgelegt hatte. Und dazu tanze der Mann von Welt unten ohne, erklärte Matthes und sah auf primatenhafte Weise glücklich dabei aus. Und weil Tante Matthes zu solchen Gelegenheiten ein Bild grinsender Seligkeit abgibt, nimmt niemand Anstoß an seinen zivilisatorischen Defiziten. Es ist halt seine Art, Freude zu zeigen, finden die Leute und haben vielleicht Recht.

Tante Matthes ist halt ein Bonobo, finde ich und habe in jedem Fall recht.

Ich sei total verklemmt, findet wiederum der Bonobo und vielleicht ist sogar diese These einen Gedanken wert.

»Deswegen ist dein Leben auch viel komplizierter als meins«, sprach also der weise Affe zu mir, als schließlich genug getrunken und getanzt war, und bettete den Kopf der schlafenden Marie von seinem Oberschenkel auf ein Kissen. »Weil du nämlich vollkommen gehemmt bist.«

Ich wollte widersprechen, sah mich aber außerstande, mit einem Mann ohne Unterhose über Hemmungen zu reden, und als Tante Matthes endlich wieder seine Hose angezogen hatte, wachte Marie auf und platzte damit mitten in ein Thema, das ich für den Erstkontakt nie und nimmer ausgewählt hätte, und deswegen schwieg ich weiterhin. Und da es auch sonst nichts mehr zu sagen gab, wandte sich Matthes schließlich zum Gehen.

»Wart mal, ich komme mit«, sagte Marie und folgte Tante Matthes zur Tür. Der reichte ihr höflich den Arm, und während ich nicht umhinkam, zu beobachten, wie Maries Hintern zurück in die Jeans rutschte, grinste Tante Matthes mich an.

»Rechts 'ne Pappel, links 'ne Pappel, in der Mitte Pferdeappel.

Guck dich doch mal an«, hinterließ mir das infame Tier als Ratschlag, und weil ein ungnädiger Inneneinrichter vis-à-vis einen Spiegel montiert hatte, musste ich sogar. Ich sah mich einsam in einem wogenden Meer aus Altglas und Aschenbechern sitzen, links eine Yuccapalme, rechts ein knutschendes Pärchen. Sonst war niemand mehr da.

Pah, sagte ich zur Yuccapalme. Hemmungen? Das wollen wir doch mal sehen!

Die Yuccapalme schwieg. Denn das tun diese Biester ja immer, wenn man sie mal braucht. Aber wenn ich jetzt zurückdenke, meine ich, sie habe ganz sacht den Schopf geschüttelt, als ich ihr meinen Plan erklärte.

»Es wird ein Eindruck geschunden werden von allerhöchster Kajüte bzw. von mir«, hatte ich meine Predigt zu den Palmen geschlossen. Und deswegen stehe ich jetzt mit nichts als einem Bademantel bekleidet in einem Atelier und werde von gierigen Augen belauert, die in Wahrheit mäßig begabten Malschülern gehören, die ihre Griffel spitzen und sich nicht die Bohne für mich interessieren. Doch vor mir erhebt sich mannshoch und düster drohend wie ein Richtblock das Aktmodellpodest, das in Wirklichkeit gerade mal kniehoch und weißgetüncht ist. Aber das kennt man ja: Ein kleiner Schritt für die Menschheit, ein riesengroßer, wenn man ihn selbst tun muss.

Ich soll da nämlich gleich rauf, und zwar ohne Bademantel. Nicht mal die Sonnenbrille darf ich anlassen und den falschen

Bart habe ich zu Hause gelassen, weil er nicht zu meiner Haarfarbe gepasst hat.

An den Wänden prangen die Werke der letzten Sitzungen, sie sind von unterschiedlicher Qualität, zeigen aber alle klar und deutlich einen selbstverliebten Bonobo, der mich sogar von jenen Blättern feixend angrinst, auf denen die Zeichner ihm gar kein Gesicht gegeben haben.

»Dann wollen wir mal«, sagt der Kursleiter. Er heißt Musa al-Shukri und musste aus dem Irak fliehen, weil ihm ein Saddam-Porträt zu korpulent geraten war. Weil er in Moskau studiert hat, malt er am liebsten großformatige Schlachtengemälde in Öl, die sich hierzulande aber nicht gut verkaufen. Eigentlich gar nicht, sagt er. An der Wand lehnt ein halbfertiger, fünf Meter breiter Mongolensturm, den garantiert auch niemand kaufen wird, weil man in der Größe keine Sofagarnitur zum Drunterstellen bekommt. Kein Wunder, dass Musa Kurse geben muss.

Das alles hat er mir im Vorstellungsgespräch erzählt, das eher ein Vorstellungsmonolog war, denn ich habe bloß genickt, Tee getrunken und die Figuren auf der Leinwand gezählt. Bei hundertdreiundzwanzig hatte ich den Job. Fünfzig Mark pro Sitzung.

»Dann wollen wir mal«, wiederholt sich Musa.

»Ja, dann wollen wir mal«, antworte ich und gieße mir noch einen Tee ein, um Zeit zu schinden. »Der ist aber lecker, der Tee. Was ist das für einer?«

»Aufgeregt«, seufzt Musa, meint aber nicht die Teesorte, und eine Frage war es auch nicht.

»Nö«, sage ich trotzdem, »mir ist nur ein bisschen kalt.«

Musa dreht den Hahn des Heizstrahlers auf, der hinter dem Podest steht, klagt über die Gaspreise und schaut mich herausfordernd an.

»Ich muss nur noch mal aufs Klo und vielleicht telefonieren«, antworte ich, aber Musa winkt ab.

»Pass auf, Junge«, sagt er dann, »es ist vollkommen egal, ob du Pickel am Arsch hast oder ob dein Schwanz zu klein ist. Wenn du da oben stehst, bist du für einen Maler nur Proportionen und Perspektive. Kapiert? Der Rest interessiert wirklich keine Sau.«

»Ach so. Ja. Danke«, sage ich, bin aber erst recht beunruhigt. Ich habe nämlich wirklich einen Pickel da, den zu vergessen ich viel Mühe verwendet hatte, und jetzt muss ich wieder dran denken. Außerdem hätte er die Worte »Schwanz« und »zu klein« nicht unbedingt in einem Satz verwenden müssen. Sowas bringt einen doch unweigerlich auf blöde Gedanken.

»Ich bin körperlich ganz normal gebaut, alles super in Ordnung, das habe ich nachgemessen«, schärfe ich mir mein Mantra nochmal ein, das ich heute Morgen eine halbe Stunde nackt vor dem Spiegel geübt habe. Da hat es noch gewirkt, aber da hat Tante Matthes mich auch noch nicht zwanzigfach von den Wänden angegrient.

»Ich bin körperlich ganz normal gebaut, alles super in Ordnung, das habe ich nachgemessen«, rutscht es mir deswegen laut heraus und jetzt grinst nicht nur Tante Matthes.

Der gesamte Kurs steht um uns herum.

»Was ist denn los?«, fragt eine ältere Dame mit Blaustich im weißen Haar.

»Er traut sich nicht«, erklärt ihre Freundin, die genauso aussieht, bloß mit einem Hauch mehr Lila.

»Obwohl er nachgemessen hat«, wirft eine dritte ein.

»Schade«, sagt die erste, »er gefällt mir besser als der Bonobo vom letzten Mal.«

Vereinzelter Protest wird laut. Der unheimliche Grunzer verteidigt Matthes plötzlich leidenschaftlich, der sei wenigstens an die Grenzen gegangen, dahin, wo Kunst erst wirklich zur Kunst werde, erntet aber bloß prustendes Gelächter. Ich versuche, Blickkontakt zu den wenigen anderen männlichen Kursteilnehmern herzustellen, aber die spitzen hochkonzentriert ihre Bleistifte und halten sich lieber raus. Sie sind nur wegen der Kunst hier und freuen sich ansonsten auf den nächsten Kurs, da ist nämlich endlich wieder weiblicher Akt dran.

Unter den weiblichen Teilnehmern indes entspinnt sich ein lebhaftes Gespräch über die körperlichen Eigenheiten der Modelle des Kurses »Männlicher Akt für Fortgeschrittene«. Worte wie »Biertitte« und »Hühnerbrust« fallen und werden mit Augenrollen bedacht. Als zur kritischen Würdigung der primären Geschlechtsmerkmale übergegangen wird, steigen Stimmung und Qualität der Wortbeiträge auf das Niveau einer ausgelassenen Kegelschwesternschaft auf Sauftour an der Ahr.

»Nur Proportionen und Perspektive, wie?«, raunze ich Musa an, aber der zuckt bloß mit den Schultern.

Ich fasse mir ein Herz, steige todesmutig auf das Podest, reiße mir mit großer Geste den Bademantel vom Leib, schleudere ihn hinter mich und rufe laut: »Ha!« Es wird schlagartig still und für einen sehr kurzen Moment darf ich mir tatsächlich einbilden, meine beeindruckende Physis hätte diese Wirkung gezeitigt, bis es plötzlich hinter mir knistert und ich zu schreien beginne. Der Bademantel ist im Heizstrahler gelandet und hat Feuer gefangen. Es wird plötzlich sehr, sehr warm von hinten, mich übermannt der Schmerz und den unheimlichen Grunzer die Inspiration, denn er fängt an, wie bekloppt zu zeichnen, und nur dank dieses selbstlosen künstlerischen Einsatzes ist die nun folgende, hinreißend burleske Szene der Nachwelt erhalten geblieben. Der Grunzer wird die Skizze später zu einem Ölbild verarbeiten, das ich noch später günstig erwerben, auf dass es heute mein Wohnzimmer ziere und zu allerlei heiteren Gesprächen Anlass biete. Aber noch sprinte ich quiekend durch den Raum, so als ob es die Redensart »wie eine gesengte Sau« möglichst naturalistisch darzustellen gelte. So lautet übrigens auch der Titel des Bildes, das heute eine Menge Geld wert wäre, wenn sich der Grunzer bloß zu dem Werk bekennen würde. Er ist nämlich mittlerweile ziemlich berühmt, macht aber bloß noch Installationen, die ich nicht verstehe, aber Schwamm drüber, dafür schreibe ich Texte, die er nicht lustig finden würde.

Nachdem sich jedenfalls der Bademantel aus hochwertigem Polyester in einer hochwertigen Stichflamme verflüchtigt und auf mir eine Brandblase hinterlassen hat, greift das Feuer nun auf die Kohleskizzen an der Wand über. Die brennen sehr gut, weil sie mit Haarspray fixiert sind.

»Alle raus«, brüllt Musa al-Shukri. Der kleine, rundliche Mann hat sich mit einem Feuerlöscher bewaffnet und vor seinem Mongolenbild Aufstellung bezogen, bereit, sein Werk bis zum Äußersten zu verteidigen. Im ersten Moment hatte ich ihn für einen der dargestellten Verteidiger Bagdads gehalten, aber Musa geht ohne Umschweife zum Angriff über, während seine Schüler ungeordnet den Raum verlassen und der Grunzer fieberhaft weiterkritzelt.

Ich jedoch brauche dringend Kühlung, lasse mich rücklings in einen Bottich fallen, in dem die Gerätschaften des Vorgängerkurses »Holz- und Linolschnitt für Anfänger« gewässert werden, und verfärbe mich wegen der künstlerischen Vorgaben des Kursleiters augenblicklich grün. Dann stolpere auch ich endlich ins Freie.

Dort zeigt man sich besorgt um mich, die drei Weißhaarigen überzeugen sich akribisch von meiner relativen Unversehrtheit und auch das Feuer ist schnell gelöscht. Der Sachschaden ist gering, ich werde lediglich bis zum Ende des Jahres kostenlos Modell stehen müssen und die Sache ist für ihn erledigt, aber das wird Musa mir erst am nächsten Tag eröffnen.

Kleidung wird mir angeboten, die ich aber ablehne, zunächst wegen des Schocks, dann, weil die Septemberbrise angenehm frisch um meine gerötete Haut wedelt, und zuletzt, weil ich es der skeptischen Palme, dem Bonobo und überhaupt allen gezeigt habe.

Der Grunzer stürmt als Letzter aus dem Gebäude, umarmt mich, nennt mich eine Inspiration und zeigt seine Skizze herum. »Sie ist gut«, sagt Musa. »Sie hat irgendwie … Feuer.« Ich fühle mich unerklärlicherweise auch gut.

Ich stehe unbekleidet und ab Gürtellinie grün eingefärbt sowie mit leicht verbranntem Arsch inmitten einer Meute mir gänzlich unbekannter Menschen und fühle mich gut wie lange nicht mehr.

»Das Glück ist ein seltsamer Kollege«, sage ich, und weil ich ausnahmsweise Recht habe, schickt der seltsame Kollege auch noch Marie vorbei. Sie wollte Matthes abholen und findet stattdessen mich vor: nackend und seltsam eingefärbt wie ein indischer Heiliger nach dem Holi-Fest in der Mitte einer angeregt diskutierenden Schar Jünger, während sich die letzten Rauchschwaden über unseren Köpfen verziehen.

»Was macht ihr da?«, fragt sie ungläubig.

»Performancekunst«, sage ich, und meine neuen Freunde, die Überlebenden der großen Feuersbrunst, nicken pflichtschuldigst.

Wow, sagt Marie, ich gucke bedeutend.

Man kann sagen, was man will. Neben einigen anderen Sachen ist in der Tat auch ein Eindruck geschunden worden.

11

Wir sitzen in Günthers Zimmer und spielen uns gegenseitig unsere Lieblingskassetten vor. Auf meiner ist Musik drauf, bei Günther ist nichts drauf. Er hört am liebsten Leerkassetten.

Wenn Günther keine Leerkassetten hört, zeichnet er. Er fängt immer links unten in der Ecke mit krakeligen kleinen Strichen an und arbeitet sich langsam über das Blatt, bis es schließlich aussieht wie der Getränke-Deckel des gesamten Oktoberfestes. Dann hängt er es zu den anderen an die Wand, und deswegen wirkt sein Zimmer ein bisschen wie die Zelle eines Lebenslänglichen, der Sekunden statt Tage zählt. Dabei geht es Günther gut, zumindest lächelt er den ganzen Tag.

Die Psychologin sagt, dass sich Günther eher für den motorischen Vorgang des Malens interessiere und weniger für das Ergebnis, aber sie sagt ja auch, dass Günther über die kognitiven Fähigkeiten eines Vierjährigen verfüge, was Quatsch ist, weil Günther ganz klar ein Außerirdischer ist. Das gibt er sogar zu, wenn man ihn fragt. Er nickt dann und lächelt.

Man kann es auch gut beobachten, wenn man mit Günther kochen muss. Das ist immer dienstags der Fall und deswegen kommt meist keiner der anderen Bewohner zum Essen. Bei denen funktionieren die kognitiven Fähigkeiten nämlich super.

Wenn man beim Kochen kurz nicht hinguckt, führt Günther sofort Experimente durch. Wahrscheinlich sucht er Alternativen zu herkömmlichen Lebensmitteln, um den Hunger auf unserem Planeten zu besiegen, aber meist ist er dabei komplett auf dem Holzweg, und deswegen muss ich alle Küchenreiniger wegschließen, bevor wir kochen können, da Günther am liebsten bunte Flüssigkeiten ins Essen kippt. Trotzdem versuchen wir es jeden Dienstag wieder.

»Hast du Lust zu kochen?«, frage ich, weil schon wieder Dienstag ist, und Günther nickt.

»Was sollen wir denn machen?«, frage ich weiter, und Günther nickt weiter.

»Vielleicht Klorollen mit Zwiebel und Autoquartett?« frage ich, und Günther nickt schon wieder, weil er halt ein Außerirdischer ist – für ihn hört sich das alles gleich lecker an.

Günther packt sich einige Leerkassetten ein, die er beim Kochen gerne hört, obwohl es ihn nicht stört, wenn ich dabei das Radio laufen lasse, und geht schon mal Richtung Küche vor.

Ich gucke in Günthers Zimmer noch eben die Nachrichten und überhole ihn dann im Flur, wo er eine kleine Popelpause eingelegt hatte. Dafür, dass Günther aus einer fernen Galaxie stammt, ist er verdammt langsam unterwegs, aber wahrscheinlich wirkt die Schwerkraft bei ihm anders. Ich spiele im Wohnzimmer noch eine Partie Uno mit Horsti und treffe dann zeitgleich mit Günther in der Küche ein.

Wir müssen dann auch mal loslegen, sage ich – in dreieinhalb Stunden ist Abendessen und Günther soll bis dahin eine Zwiebel kleingeschnitten haben. Er tut das sehr gerne, aber meist gibt es die Zwiebel zum Nachtisch, weil Günther erst dann mit Schneiden fertig ist, trotzdem besteht er jedes Mal drauf.

Wenn dienstags keine Zwiebeln im Haus sind, legt sich Günther sofort ins Bett, starrt die Wand an und geht am nächsten Tag nicht arbeiten.

Das ganze Behindertenbusiness ist so ein hochsensibles Ökosystem mit ellenlangen Interdependenzketten, und wenn nur ein winziges Detail verändert wird, gerät alles aus den Fugen, denn wenn z.B. Günther wegen der fehlenden Zwiebel am nächsten Tag nicht arbeiten gehen kann, ärgert sich seine Kollegin Annika aus der Behindertenwerkstatt darüber, lässt das in der Mittagspause an Traudchen aus, worauf Traudchen heimlich ihre Sachen packt und zu ihrer Lieblingsoma fahren will, um sich trösten zu lassen, obwohl sie vergessen hat, wo diese Lieblingsoma wohnt, die überdies vor zwölf Jahren verstorben ist, was Traudchen natürlich ebenfalls vergessen hat, und fünf Stunden später kommt dann ein Anruf von der Polizei, dass eine verwirrte Person abzuholen sei, die auf den Namen »Traudchen« hört und in einem gelben Haus mit roten Fenstern wohnt, bei dem die Frau Bernau Chef von ist.

Und das alles wegen einer Zwiebel, muss man sich mal vorstellen. Seitdem bringe ich dienstags sicherheitshalber immer selber eine mit.

Erst legt Günther meine Zwiebel ganz vorsichtig auf das Brettchen und lächelt sie liebevoll an, bis ich sage, dass er jetzt mit dem Schälen anfangen kann. Neulich habe ich ausprobiert, was passiert, wenn ich nichts sage. Er hat die Zwiebel zwei Stunden lang freundlich angeguckt und dann versucht, das Usambara-Veilchen auf der Fensterbank in kleine Stücke zu hacken, weil es neben dem Schnittlauch stand.

Einmal hat Günther es sogar geschafft, den unteren Teil seines Gebisses in einer Lasagne zu verstecken. Honorarkraft Andi sagt, dass Günther dabei einen alten Echsen-Trick verwendet und sich so langsam bewegt habe, dass man die Bewegungen mit bloßem Auge gar nicht mehr habe wahrnehmen können. Wahrscheinlicher ist aber, dass den beiden bloß langweilig war und sie sich gedacht haben: »Na, lassen wir es drin, wird schon jemand finden«, und so ist es dann ja auch gekommen.

Gerade steht Günther auf und sucht in der Schublade nach dem Messerchen mit dem roten Griff, denn wenn das nicht da ist, ist die Sache gelaufen und man muss alleine kochen.

Heute haben wir Glück, das Messer ist da, und während ich die Spülmaschine ausräume, die Küche fege und Salat putze, seziert Günther hochkonzentriert seine Zwiebel. Immer wenn er eine Scheibe abgeschnitten hat, hält er sie gegen das Licht und schaut sie genau an, dann legt er sie zur Seite und macht erst mal Päuschen.

Wir kommen gut voran und Günther schafft womöglich heute

zwei Zwiebeln, aber als die Nudelsoße schon fertig auf dem Herd steht, klingelt es plötzlich. Ich rufe nach Horsti, damit der aufmacht, aber er ist schon zur Pommesbude gegangen, und die anderen sind noch in der Werkstatt.

Günther lächelt mich an und aus seinen kleinen, wässrig blauen Augen blitzt mir Unternehmungslust entgegen.

Wenn ich ihn jetzt alleine in der Küche lasse, schüttet er todsicher wieder irgendwas ins Essen, und zur Tür mitnehmen kann ich ihn nicht, weil das zu lange dauern würde, also nehme ich den Topf mit zur Tür.

»Mach auf!« plärrt die Gegensprechanlage. »Hier ist dat Annika.«

Kurz danach höre ich es in der Küche rumpeln, sage »Moment mal« zu Annika und gehe nachgucken. Günther räumt in Zeitlupe den Besenschrank aus, um sich darin zu verstecken – er hat neuerdings ein bisschen Angst vor Annika.

»Mach auf! Ich will nach'em Güntherchen!« brüllt es weiter aus der Gegensprechanlage, und Günther versucht, sich den Putzeimer über den Kopf zu ziehen. Ich lasse ihn im Schrank Platz nehmen, mache die Schranktür zu, damit er wenigstens den Kopf aus dem Eimer nehmen kann, dann stelle ich den Topf zurück auf den Herd und versuche Annika abzuwimmeln.

Annika ist eine resolute Lady mit Down-Syndrom und hat Günther für zwei Wochen in Besitz genommen, weil Mario seit gestern zur Kur ist. Mario ist ihr richtiger Freund und Günther ist seine Urlaubsvertretung, so hat es Annika bestimmt, denn eine Frau braucht die Liebe, sagt sie, und Annika knutscht wirklich für ihr Leben gern mit Jungs rum. Ihre Lieblingsopfer sind frischgebackene Zivildienstleistende, die sie ebenso hemmungslos wie begeistert abschleckt, weil sie noch zu höflich sind, um sich richtig zu wehren, aber leider stehen die nur alle fünfzehn Monate für ein paar Stunden auf der Speisekarte.

In der Zwischenzeit vergnügt sich Annika jedoch allerbestens mit Mario, den sie herzinniglich liebt, wiewohl sie für physische Treue nicht zur Verfügung stehen mag, denn »eine Frau braucht die Liebe«, und während sie das sagt, kniept das Hutzelweiblein einen dermaßen kokett von unten an und lässt ihre Hände seufzend über den tönnchenförmigen Leib fahren, dass man diese würdige, wenn auch hochkant kaum mehr als drei Käse messende Kurtisane um ihr zusätzliches Hedonismus-Chromosom nur ehrlich beneiden kann, auch wenn es im Alltagsgeschäft bisweilen etwas anstrengend ist mit ihr.

Die drei sind außerdem in derselben Arbeitsgruppe, beziehungsweise ist Annika die Arbeitsgruppe, während Günther und Mario sich sofort pennen legen, wenn keiner kontrollieren kommt. Man kann viel von den beiden lernen für das spätere Verhalten in der Arbeitswelt, aber dafür ist der Zivildienst ja auch da, das steht zumindest so im Leitfaden vom Bundesamt.

»Günther ist leider nicht da«, lüge ich, aber Annika sagt, was sie immer sagt: »Dooch. Und dat weißt du auch.«

Sie kündigt einen Sitzstreik auf unserer Fußmatte an, und das ist selbstverständlich keine leere Drohung.

»Vielleicht hat Günther ja bloß keine Zeit«, versuche ich vorsichtig, aber das Argument zieht nicht.

»Dooch, weil, das ist ja mein Freund«, sagt sie.

»Vielleicht braucht er einfach ein bisschen Ruhe«, sage ich, aber Annika schnaubt unwillig.

»Eine Frau braucht die Liebe«, sagt sie, und damit ist alles gesagt. Die Verhandlungen sind gescheitert, die Belagerung beginnt.

Ich lasse Annika weiter sturmklingeln und gehe wieder in die Küche. Günther hat erstaunlicherweise seine Angst überwunden und ist aus dem Besenschrank gekrabbelt, den Putzeimer hat er aber sicherheitshalber auf dem Kopf gelassen. Er steht am Herd und rührt in unserer Nudelsoße, die allerdings eine völlig andere Farbe angenommen hat. Wie es aussieht, hat Günther kräftig mit Blumenerde nachgewürzt.

Ich nehme ihm den Eimer ab und wir schauen uns lange an. Ein inniges Flehen liegt in seinen kleinen, schielenden Augen.

»Houston«, sage ich schließlich, »wir haben ein Problem.«

Günther teilt meine Einschätzung, mit Raumfahrt kennt er sich schließlich aus, mit der Liebe eher nicht.

»Annika ante portas«, sage ich und mache ihn kurz mit der Gefechtslage vertraut.

Dann bohre ich Günther Sehschlitze in seinen Eimer, damit er unerkannt auf den Balkon treten kann, um sich selbst ein Bild von der gegnerischen Streitmacht zu machen. Annika hat ihre

Drohung wahrgemacht, sie sitzt auf unserer Fußmatte und isst einen Schokoriegel. Offensichtlich hat sie sich für ihren Feldzug bestens ausgerüstet.

»Hallo, Güntherchen«, kräht Annika, als sie den Eimer mit Beinen untendran auf dem Balkon sieht, und Günther tritt sofort den Rückzug in den sicheren Küchenschrank an.

»Du kannst da nicht für immer drinbleiben«, rufe ich nach einer halben Stunde in den Schrank, aber so ganz sicher bin ich nicht, man sollte Günther in dieser Hinsicht nicht unterschätzen, herumsitzen kann er wie sonst kein Zweiter.

Draußen herrscht die Friedhofsruhe der Gefechtspause. Annika kann gerade nicht klingeln, weil sie einen neuen Schokoriegel auspacken muss, hat sie uns brüllend mitgeteilt.

»Na, wenigstens haben wir auch genug zu essen«, sage ich, als mein Blick auf unser kulinarisches Gemeinschaftswerk fällt, das auf dem Herd brodelt wie ein Schlammvulkan.

Plötzlich öffnet sich die Schranktür und Günther tritt mit einem für seine Verhältnisse zutiefst entschlossenen Gesichtsausdruck heraus: Sein Blick, der sonst aus den Tiefen des unendlichen Weltalls mit milder Güte, aber nicht eben übermäßigem Interesse auf unseren Blauen Planeten fällt, ist plötzlich klar, hart und eindeutig. Vor mir steht ein Mann mit einem Plan.

Zu blöd, dass er nicht sprechen kann. Oder will. So genau weiß man das bei Günther nicht. Wahrscheinlich telepathiert er sich den ganzen Tag die Zirbeldrüse fusselig und ich bin nur zu blöd, es zu merken.

Aber so langsam schwant mir etwas, denn Günther holt zwei Teller aus dem Schrank und stellt sie auf den Tisch.

»Günther«, frage ich, »möchtest du etwa Annika heute zum Essen einladen?«

Günther nickt und ich biete ihm im Überschwang der Gefühle high five an, die er allerdings ignoriert. Nicht übermütig werden, Erdling, sagt sein Blick.

Kurze Zeit später sitzen die beiden am Esstisch, ich habe ihnen ein Kerzchen hingestellt und mich ansonsten auf den Beobachtungsposten hinter der Durchreiche verfügt.

Annika lässt vernehmen, dass nach dem Essen unverzüglich mit Zärtlichkeiten zu rechnen ist, greift zum Löffel und lässt ihn angesichts des Servierten augenblicklich wieder sinken.

Günther lächelt fein, schaut gen Annika, und wenn sein Blick auch weniger ihr als einem fernen Land hinter den Spiegeln gilt, so sticht Günther doch im Hier und Jetzt seinen Löffel in den rostbraunen Sud, führt ihn resolut zum Mund, und während er, ohne mit der Wimper zu zucken, Torfnudeln in sich reinschaufelt, dass ihm die Soße nur so am Kinn herunterläuft, beendet Annika wegen hygienischer Bedenken ganz offiziell ihre Beziehung. Und zwar mit sofortiger Wirkung, worauf Günther sofort den Löffel fallen lässt und sich aufs Sofa legt, wo er nach wenigen Sekunden einschläft.

12 Ich habe mich freiwillig gemeldet. Ich melde mich immer freiwillig, wenn es irgendwo was zu feiern gibt. Beruflich, meine ich, als Zivildienstleistender.

Mittlerweile habe ich alle gesellschaftlichen Veranstaltungen durch, die für Menschen mit geistiger Behinderung, deren Familien und Betreuungsbagage überhaupt angeboten werden: Ich war auf Festen von Betreuungseinrichtungen, Matineen von integrativen Vereinigungen, bei Förderschuljubiläen und Grillabenden von Selbsthilfegruppen, aber Sarah habe ich immer noch nicht gefunden.

Stattdessen bin ich ein allseits hochgeschätzter Kollege und Musterzivi geworden, weil ich mich gegen lächerliches Entgelt ganze Sonntage lang mit der Schürze hinter den Grill stelle und Würstchen wende. Oder zum Tag der Offenen Tür die Buttonmaschine bediene. Oder die Besucher anschließend nach Hause fahre.

Ich bin einer derjenigen, deretwegen die Hauptamtlichen sagen: »Das Gesundheitssystem würde zusammenbrechen ohne Zivis.«

Man wird schneller Teil des Systems, als man glaubt.

Bloß heute ist man nicht zufrieden mit mir, und der Grund ist ein vollkommen alberner: Auf meinem Shirt ist ein durchgestrichenes Kreuz drauf. Dabei wollte ich beim Gruppenfoto ohnehin nicht in die erste Reihe.

»Was macht das denn für einen Eindruck?«, hat die Chefin der Behindertenwerkstätte gebarmt.

»Weiß nicht, vielleicht Meinungsfreiheit?« habe ich geantwortet, und jetzt guckt sie wieder so, als habe ich sie provozieren wollen. Frau Diepenkötter ist schnell der Meinung, jemand wolle sie provozieren. Dabei hatte ich eigentlich waschen und ein anderes Shirt anziehen wollen, aber Oma Wittrich hatte sich mit ihrem Scrabble-Brett vor der Tür zum Waschkeller postiert, und da muss jeder vorbei, der die Waschmaschine benutzen will.

Deswegen musste ich heute Morgen mein Bad-Religion-T-Shirt anziehen, obwohl der Superintendent zu Besuch kommt. Der Superintendent ist Chef des Kirchenkreises, und sein Titel darf keinesfalls englisch ausgesprochen werden, aber das hat keiner gewusst und jetzt freut sich die ganze Behindertenwerkstätte auf den Besuch eines englischen Polizisten.

Die Behindertenwerkstätte ist ein evangelischer Verein, was aber kaum ins Gewicht fällt, wenn man von gelegentlichen theologischen Spezialaufträgen absieht: Im November tüten sie die Karten für die Weihnachtsspendenkampagne ein und bauen eine mild dekonstruktivistische Krippe für den Weihnachtsgottesdienst.

Normalerweise bin ich eingeteilt, zur »arbeitsunterstützenden Betreuung«, was nichts anderes bedeutet, als dass ich ausgewählte Mitarbeiter zur Eile antreiben soll. Deswegen bin ich Günthers Werkgruppe zugeteilt worden, aber der hat sofort seine Spezialkräfte eingesetzt, um meine motivatorischen Impulse zu neutralisieren. Er schaut einen aus seinen kleinen, leicht geschlitzten Augen an, und alles, was man sich an Aktivitäten vorgenommen hatte, verpufft augenblicklich in einer watteweichen Wolke tiefster Entspannung.

Meist liege ich auf dem Tisch und schaue Günthers Werkgruppe beim Arbeiten zu. Das ist schön, denn es herrscht stets die heitere Ruhe einer Robbenkolonie kurz nach der Fütterung. Ab und zu brummt einer der putzigen Gesellen in die Stille hinein, und dieser Ruf wird von seinen Artgenossen mit einem wissenden Seufzer beantwortet, man kratzt sich selbst oder dem Nebenmann zärtlich am Kopf, und dann ist schon wieder Zeit für ein Nickerchen.

Heute versuchen sie, Badewannenanker mittels Telepathie in die dafür vorgesehenen Verpackungen zu hieven, aber die Dinger sind wohl zu schwer und Günther hat das Experiment eben abgebrochen, indem er den Kopf auf den Tisch gelegt hat und eingeschlafen ist. Seine Kollegen haben es ihm gleichgetan, bloß ich halte einsam Wacht, denn ich trage ja die Verantwortung hier.

Annika streckt den Kopf durch die Tür und fragt, ob der Geheimagent schon da ist.

»Superintendent«, sage ich. »Er ist ein Superintendent.«

Als sie die schlafenden Männer sieht, lässt Annika die Augen rollen, schleicht um den Tisch und knallt ihren Jungs mit der flachen Hand gegen den Hinterkopf.

»Aufstehen«, brüllt sie, aber die Herren rühren sich nicht.

»Jetzt hast du sie totgeschlagen«, sage ich, aber Annika meint bloß: »Verarschen kann ich mich selber.« Dann fängt sie an, die Anker zu verpacken.

Mario protestiert, weil es ihm an seinem Arbeitsplatz eindeutig zu hektisch wird. Annika kann sich nicht entscheiden, ob sie ihn schlagen oder küssen soll, deswegen tut sie beides, und Mario ist ganz offensichtlich mit beidem einverstanden, denn er ist ein Mann, der die erotische Abwechslung zu schätzen weiß.

»Ich bin immer noch sauer und dat weißt du auch«, ruft sie ihm zu, aber Mario zuckt bloß mit den Schultern und schaut sie mit seinem Mackerblick an. Mario kommt zwar aus einem kleinen Weiler im Vorgebirge, aber schon bei seiner Geburt muss ihn eine mediterrane Aura umflirrt haben und so hat seine Mutter ihn nicht Heinrich und Walter wie seine Brüder genannt, sondern Mario. Nach dem Betreiber der einzigen Eisdiele im Ort, wie böse Zungen behaupten, aber das ist Quatsch, denn der hieß Pino, sagt Marios Mutter. Mit seinen behaarten Armen und den recht markanten Gesichtszügen unter schwarzem Bartschatten sieht Mario viel erwachsener aus als die meisten seiner eher kindsgesichtigen Brüder in Trisomie. Ein bisschen wie Lino Ventura, nur eben mit Down-Syndrom, und so benimmt er sich auch. Außerdem raucht er, was extrem wenig Leute mit Downsyndrom tun.

Eine Klingel ertönt, um die Mittagspause anzuzeigen. Mario, Günther und René erheben sich wortlos und wackeln Richtung Caféteria.

Dort will die Diepenkötter eine Ansprache halten, weil der Superintendent ja gleich kommt. Sie verheddert sich, weil sie dessen Titel mittlerweile auch englisch ausspricht und weil sie immer so gewissenhaft sein muss. Sie will ihrem Publikum einen kleinen Überblick über Organisation und Funktion von Kirchenkreis und Landeskirche geben, damit sie wissen, mit wem sie es gleich zu tun haben, aber diese Informationen stoßen nur auf mäßiges Interesse.

Wir könnten jetzt Fragen stellen, sagt sie.

Horsti schnipst mit dem Finger und fragt, ob er auch Pommes statt der Salzkartoffeln haben kann.

Eine lebhafte Diskussion entsteht und Horsti gelingt es spielend, eine absolute Mehrheit für sein Pommesbegehren zu organisieren.

»Aber du arbeitest doch gar nicht hier«, sagt Frau Diepenkötter schließlich. Das stimmt.

Käpt'n Horsti hält sich bloß für so eine Art freien Mitarbeiter aller Behindertenwerkstätten im Umkreis, weil er dort überall mal gearbeitet hat, aber eben nie besonders lange. Horsti fühlt sich nämlich sehr leicht eingesperrt, und wenn das passiert, fängt er an, mit Sachen oder Mitarbeiter herumzuwerfen. Mittlerweile schaut Horsti nur mal rein, wenn er Hunger hat, und alle sind froh darüber.

Er verbringt seine Tage lieber wie ein in die Jahre gekommener Huckleberry Finn, sitzt am Fluß und angelt ohne Köder, spielt Karten mit den Typen vom Obdachlosenheim, hilft ein bisschen auf dem Schrottplatz aus, sammelt Pfandglas ein oder liegt auf der Wiese. Ansonsten malt er.

Bei der letzten Supervision wurde beschlossen, dass es mal wieder Zeit sei, Horsti behutsam an feste Strukturen heranzuführen. Das wird alle paar Jahre mal versucht, hat unsere Chefin zugegeben, aber Horsti ist immun gegenüber pädagogischen Maßnahmen jeder Art, außerdem verfügt er über eine amtlich beglaubigte »Werkstättenunfähigkeit« und das muss man auch erstmal schaffen. Die Supervisorin findet das bedenklich. »Immerhin hat er jetzt ein Zuhause«, hat unsere Chefin Horsti verteidigt. »Er übernachtet nicht mehr draußen, das ist ein großer Fortschritt.«

»Wir werden den Generalsuperintendenten in der Aula begrüßen«, sagt die Diepenkötter, das heißt, wir können einfach sitzenbleiben, denn nach dem Mittagessen wird die Cafeteria automatisch zur Aula. Man muss nur die Teller wegräumen.

Frau Diepenkötter hühnert herum, gibt Anweisungen und geht noch einmal die verschiedenen Programmpunkte durch: Es gibt eine kurze Begrüßungsansprache, dann singt der Chor, eine Rollstuhltanzgruppe tritt auf und schließlich gibt es eine kleine Schau mit Arbeitsproben aus der Werkstätte. Zur Koordinierung der Aktivitäten hat Frau Diepenkötter sieben Arbeitsgruppen gebildet, die sich jetzt gegenseitig im Weg herumstehen. Annika hat sich für alle Arbeitsgruppen gemeldet und heult, weil sie nicht weiß, wo sie zuerst hingehen soll.

Mario tröstet sie, indem er erst ihre Wange und dann ihre Brust knetet. Annika zeigt sich erfreut, umarmt ihren Mario und erklärt sich bereit, allen Zwist und Hader mit sofortiger Wirkung zu vergessen. Aber vorher zählt sie seine Verfehlungen noch einmal auf, Mario bekennt sich schuldig im Sinne der Anklage und schaut dabei versonnen auf die wachsende Beule in seiner Hose.

»Mario, ich liebe dich und dat weißt du auch«, ruft Annika ihrem Gespons ins Gesicht, der keine Handbreit vor ihr steht, und lässt sich divenhaft in seine Arme sinken. Mario pariert glänzend, macht einen Ausfallschritt, um das nicht unbeträchtliche Gewicht seiner Geliebten auszutarieren, dann gehen die beiden einander beschmachtend zu Boden und stecken sich ihre Zungen in den Mund.

»Boah, die bekloppten Mongos«, ruft Horsti, drängelt sich durch die dichter werdenden Zuschauerreihen und handelt sich für beides einen giftigen Blick von Frau Diepenkötter ein. Horsti ficht das freilich nicht an. »Wie die Karnickel«, findet er und meint das durchaus anerkennend.

Annika und Mario bewegen sich nämlich bereits in den Randbereichen bürgerlicher Schicklichkeit, und deswegen fragt die Diepenkötter, ob sie nicht lieber rübergehen wollen.

»Jawoll, ins Fickzimmer«, freut sich Horsti.

»Es ist ein Snuselraum«, versuche ich Horsti die offizielle Bezeichnung und Benutzung ins Gedächtnis zu rufen. Vergeblich. Der Snoezelraum sieht aus wie eine Opiumhöhle für Minderjährige und ist mit einer durchgängigen Liege- und Sitzlandschaft eingerichtet. Wassergefüllte Stelen leuchten verschiedenfarbig vor sich hin und eine Farbdrehscheibe projiziert erbarmungslos grinsende Fische an die Decke. Im Snoezelraum soll man Stress abbauen, sich entspannen und Sinneswahrnehmungen genießen. Mit anderen Worten: Es ist ein Fickzimmer.

»Der Dirigent ist da!«, schreit Horsti kurze Zeit später in den allgemeinen Aufruhr hinein.

Tatsächlich haben sich die klerikalen Granden beinahe unbemerkt eingeschlichen, und nur der Geistesgegenwart eines Käpt'n Horsti ist es zu verdanken, dass der hohe Besuch ordnungsgemäß im Namen der Bundesregierung begrüßt werden konnte. Während Frau Diepenkötter Annika und Mario nachdrücklich gen Snoezelraum lotste, hat er sich bereits als Leiter der Einrichtung vorgestellt.

»Ich bin Käpt'n Horsti«, sagt er, knufft dem Superintendenten in die Seite und deutet in den Raum. »Und das sind alles Bekloppte.« Der Kleriker schaut würdevoll, aber unverständig.

Frau Diepenkötter legt den Finger auf die Lippen und macht sehr laut »Psst«, wie sie es immer tut, wenn Ruhe einkehren soll. Der pädagogischen Theorie nach sollten jetzt alle den Finger auf die eigenen Lippen legen und still sein. Aber weil die Praxis der Theorie wieder mal um eine Nasenlänge voraus ist, brüllt sie: »Ruhe, verdammt nochmal!« Es wirkt.

Der Landeskirchenmann sagt, dass sie – die geschätzte Frau Diepenkötter, souffliert einer seiner Begleiter – hier wohl ein strenges Regiment führe, und während die Diepenkötter errötet, salbadert er begütigend auf sie ein. Es sei eine große, nachgerade modellhafte Einrichtung, sagt er, die hier mit großem persönlichem Engagement und viel Herzblut geleitet werde und ausgezeichnete Arbeit im Sinne und in der Nachfolge unseres Herrn Jesus Christus leiste.

Das ist natürlich bloß eine Zusammenfassung, ich habe ein paar Bibelverse und Anmerkungen zum knappen Haushalt der Landeskirche weggelassen. Horsti schaut wie Homer Simpson, kurz bevor er »Langweilig!« ruft, beschränkt sich dann aber darauf, übriggebliebene Kohlrouladen von den Tellern seiner Nachbarn zu klauen.

Dann singt der Chor. Milva bringt ein durchaus passables Solo zu Gehör, dem ihre Eltern mit gemischten Gefühlen lauschen würden. Sie sind nicht so für amtskirchlich christliche Propaganda und hatten für Janis Joplin plädiert, während Milva lieber »Mein Freund der Baum« singen wollte. Es ist dann aber »Herr, deine Liebe ist wie Gras und Ufer« geworden, denn es ist, wie gesagt, ein evangelischer Verein.

Damit die Rollstuhltanzgruppe auftreten kann, werden die Tische beiseitegeräumt.

Ein orientalisch aussehender Junge mit silbernem Sturzhelm steuert sein Gerät mit dem Mund. Er kaut auf einem Schlauch herum, wie das genau funktioniert, weiß ich nicht, aber es klappt bestens, jedenfalls bis der Gitarrist sein erstes Solo spielt und dann zusammen mit dem Orchester das dräuende Thema des Concierto de Arauguez *fortissimo* wiederholt.

Da geht es mit dem Jungen durch, wüst grinsend hebt er zu einer schwungvollen Runde um seine Kollegen an, die sich in der Mitte formiert haben.

Die erste Runde packt er, gurgelt ein beglücktes Geräusch, beschleunigt und geht wieder, diesmal noch enger, in die Kurve.

»Rashid«, brüllt der Leiter der Tanzgruppe, aber der Angesprochene ist nicht mehr erreichbar. Sein Gesicht verrät tiefste Entrücktheit, doch in seinem schiefen Grinsen spiegelt sich noch etwas anderes: Es ist die unbedingte Entschlossenheit, Scheiße zu bauen. Ich kenne diesen Blick. Rashid guckt wie Tante Matthes auf Speed, und er fährt auch so.

Rashid kneift die Augen zu, beschleunigt, legt sich noch weiter in die Kurve, der Rollstuhl neigt sich zur Seite, die Räder heben vom Boden ab. Er prescht auf zwei Rädern um die Herde in der Mitte, kassiert Szenenapplaus und Zwischenrufe, wirft seinem Choreographen einen triumphierenden Blick zu und verliert dabei den Schlauch aus seinem Mund.

Sein Gefährt eiert führerlos auf den Außenrädern herum, ein Aufschrei des Entsetzens seitens der aufmerksamen Zuschauer brandet auf.

Der Rollstuhl kracht wieder auf alle vier Räder, Rashid wird durchgeschüttelt, kommt aber sicher zum Stehen.

Für einen Moment ist es totenstill, dann brandet ein Beifall auf, wie ihn diese Werkstätte wohl noch nie gehört hat. Rashid hüpft begeistert in seinem Rollstuhl herum, und wenn er nicht angeschnallt wäre, würde er spätestens jetzt hinausfliegen. Er nimmt sein Mundstück wieder auf, fährt eine Ehrenrunde und lässt sich feiern.

Diepenkötter und der Tanzgruppenleiter atmen auf und der Generalsuperintendent geruht, die improvisierte Bravade gnädigst zu beklatschen. Ihre Gesichter aber sagen: Das wird Folgen haben.

Gerade als Rashid wieder zum Stehen kommen will, treten die Folgen ein: Sein Gesicht verzerrt sich, färbt sich rot, die Adern an seiner Stirn quellen hervor, hinter flirrenden Lidern zucken die Augäpfel, nur noch ein weißer Schlitz ist von ihnen zu sehen. Rashids Halsmuskel vibriert, seine Arme zucken unkontrolliert herum und die Kiefer pressen wie Schraubzwingen gegeneinander.

Glücklicherweise hat er etwas im Mund, sonst hätte er sich leicht die Zunge abbeißen können, das ist das Gefährliche bei dieser Art von Anfällen, erfahre ich später. Darum heißen sie ja auch *Grand Mal*, was sich irgendwie nach dämonischer Besessenheit anhört, aber so sieht es ja auch aus.

Unglücklicherweise ist das Ding in seinem Mund das hochsensible Steuermodul eines extrem wendigen und schnellen Hochtechnologierollstuhls. Und während Rashid durch die zusammengebissenen Zähne nach Luft ringt, macht das Gerät einen schnellen Satz nach vorn, reißt einen Tisch um und surrt mit ungebändigter Geschwindigkeit auf die Besuchergruppe zu.

Es ist Günther, der in diesem Moment in aller Seelenruhe beginnt, die Doppelflügel der Eingangstür zu öffnen, und nachdem Rashid den Generalsuperintendenten wie ein Stier auf die Hörner genommen hat und das Concerto seinem Höhepunkt entgegendröhnt, rauschen die beiden durch die offene Tür ins Freie, wo die Höllenmaschine im flachen Wasser des Springbrunnens vor der Werkstätte schlussendlich und unwiderruflich zum Stehen kommt. Sie ist nämlich kaputt.

Später, als die Aufregung des Tages sich gelegt hat und ich Günther beim Schneiden seiner Zwiebel betrachte, wie ich es jede Woche tue, werde ich ihn fragen, wie um alles in der Welt er hat ahnen können, dass sich Rashids Gefährt verselbstständigen und ausgerechnet in diese Richtung ausbrechen würde. Günther wird sein Messerchen zur Seite legen, mich lange aus seinen kleinen, leicht geschlitzten Augen anschauen, und dann wird er mir ganz sacht die Hand tätscheln, wie man es bei kleinen Kindern tut, die unvermutet eine tiefschürfende Frage gestellt haben, deren Antwort und Bedeutung sie aber beim besten Willen noch nicht ermessen können. Sagen tut er natürlich nichts, denn angeblich kann er ja nicht sprechen.

Rashid erholt sich recht schnell von seinem Anfall, und der Generalsuperintendent überspielt den Unfall mit der eisernen Jovialität des geübten Öffentlichkeitsarbeiters.

Seine Hosenbeine sind nass und er humpelt ein bisschen, als er sich verabschiedet, aber vorher schlägt er noch eine rhetorische Brücke zwischen dem Unfall und der Notwendigkeit unbedingten Gottvertrauens und kommt schließlich bei Jesus am Kreuz heraus, der habe ja auch undsoweiter.

Ich bewundere das, wie diese Kirchenjungs aus dem Stand nach drei Sätzen punktgenau bei Jesus landen; andererseits ist es ja ihr Beruf.

Rashid hat ein Medikament bekommen, damit die Verkrampfungen sich lösen, aber selbst durch seine Benommenheit brodelt Begeisterung. Er ist ganz offensichtlich hochzufrieden mit seinem Auftritt.

Wir ziehen den Rollstuhl aus dem Teich, schnallen Rashid wieder darin fest und schieben ihn über die Rampe in den Bully. Er gurgelt etwas, das entfernt an Sprache erinnert.

»Er freut sich darauf, es Sarah zu erzählen«, übersetzt der Fahrer.

»Sarah?« frage ich elektrisiert.

»Ja«, sagt der Mann. »Sarah. Arbeitet an seiner Schule. Er ist verknallt in sie.«

Rashid grinst und versucht den Kopf zu schütteln.

»Ich weiß, in Cindy Crawford.«

Rashid kräht Zustimmung. Das ist mir doch egal, was der von Cindy Crawford hält, hier geht es um Sarah.

»Sarah?« rufe ich, »Sommersprossen, leicht rötliches Haar mit einem Wirbel rechts oberhalb der Stirn. Wunderschöne Stimme, etwas belegt, aber das kann auch daran liegen, dass wir so lange draußen gesessen haben.«

»Könnte sein.«

»Milchweißer Teint. Mein Gott, sie muss so zarte Haut haben, nicht dass ich sie angefasst hätte, wir kennen uns ja kaum, wir haben uns nur unterhalten. Ich hätte nie gedacht, dass ich so auf Rothaarige stehe. Ich habe es ja nicht einmal bemerkt, als ich neben ihr saß.«

»Das denkt niemand vorher, passiert einfach«, sagt der Mann und zieht das Foto einer Rothaarigen aus seiner Brieftasche. Es ist nicht Sarah.

»Das ist meine Frau«, sagt er. »Bis ich sie getroffen habe, dachte ich …«

»Ja, sehr schön«, unterbreche ich. »Aber was ist mit Sarah?«

Rashid gurgelt etwas Unverständliches, der Fahrer beugt sich zu ihm hinunter, die beiden besprechen sich.

»Er will das T-Shirt haben«, sagt der Fahrer schließlich.

»Welches T-Shirt?«

»Deins.«

»Warum?«

»Du willst etwas über Sarah wissen und Rashid sammelt Shirts von Rockbands. Bad Religion hat er noch nicht.«

»Das ist Erpressung.«

Rashid macht Geräusche. Sie klingen zustimmend.

»Das weiß er.«

Ich schaue hilfesuchend den Fahrer an.

»Ich bin nur der Fahrer hier.«

Rashid lässt ein röchelndes Kichern vernehmen. Für jemanden, dem vorhin ein Diazepam-Einlauf verpasst worden ist, der ein Pferd in die Knie gezungen hätte, wirkt er erstaunlich fit, denke ich und habe damit seinen hervorstechendsten Charakterzug haarscharf herausgearbeitet. Rashid wird nicht müde. Nie.

Ich streife also mein T-Shirt ab und werfe es Rashid mit gespielter Verachtung über den Kopf.

Es quiekt darunter.

Dann stecken wir drei konspirativ die Köpfe zusammen und Rashid erzählt alles, was er von Sarah weiß. Wenn man sich mal an seine guttural gepresste Artikulation gewöhnt hat, versteht man sogar, was er sagt. Er ist ein ganz ausgezeichneter Beobachter und ich versichere, ihn umgehend als Ermittler einzustellen, falls ich je eine Detektei zu gründen in Erwägung zöge.

»Versprochen?«, fragt er.

»Versprochen«, sage ich.

Auf dem Rückweg halten mich die Leute für den Rattenfänger von Hameln oder wenigstens für einen durchgeknallten Jesusfreak. Kein Wunder, ich laufe mit nacktem Oberkörper durch die City, flankiert von zwei Herrschaften mit Downsyndrom, von denen eine Herrschaft lauthals »Herr, deine Liebe ist wie Gras und Ufer« kräht. Und ich? Ich singe natürlich mit. Die Passanten schauen zwar misstrauisch, greifen jedoch nicht ein.

Was ist das bloß für eine Gesellschaft, die zulässt, dass offensichtlich religiös motivierte Irre wehrlose Menschen mit geistiger Behinderung entführen, um an ihnen womöglich unaussprechliche Rituale zu vollziehen. Hätte ja sein können. Ich als Musterzivi prangere das an.

Und während Milva schließlich zu »Mein Freund der Baum« überschwenkt, murmele ich Sarahs Adresse wie ein Mantra vor mich hin.

Danke, Rashid. Es war ein fairer Tausch.

13

»Ich habe dich gefunden.«

»Das sehe ich.«

»Obwohl ich nur deinen Vornamen gewusst habe.«

»Ja.«

»Wahnsinn, oder?«

»Hmm.«

Ich finde, mein Einsatz wird hier nicht ausreichend gewürdigt.

Gerade habe ich geklingelt, Sarah hat geöffnet und jetzt stehen wir voreinander. Ich habe diese Szene in den letzten Monaten bestimmt hundertmal geprobt und stets wesentlich dynamischer und leidenschaftlicher angelegt.

Es sollte doch eine Schlüsselszene werden und jetzt ist sie total lahm geraten: keine Geigen, kein gehauchtes »Wie hast du mich gefunden?« und keine bedeutungsschwangeren Blicke durch tränenschwere Lider. Ach. Schnöde. Welt.

Ich stehe unter kalkweißem Neonlicht in einem nach Sagrotan riechenden Hausflur. Sogar der Gummibaum neben mir scheint desinfiziert worden zu sein und ich komme mir vor wie ein Vertreter mit schlammverschmierten Schuhen und schadhaftem Sortiment.

Man soll die Realität nie Regie führen lassen, wenigstens das hätte ich mittlerweile von Käpt'n Horsti lernen können.

Ich erwarte ja nicht, dass Sarah gleich in meine Arme sinkt. Obwohl: Warum eigentlich nicht? Was ist gegen meine Arme einzuwenden? Ich verfüge über Körperteile, mit denen ich weniger zufrieden bin. Außerdem weiß Sarah ja gar nicht, was ich alles durchgemacht haben könnte, um sie wiederzufinden. Ich hätte ja gegen Zyklopen oder wenigstens Windmühlen gekämpft haben können, gegen gedungene Meuchelmörder oder den Gesang der Sirenen, und alles, was Sarah dazu einfällt, ist: Hmm.

Auf Hmm kann man nichts erwidern, deswegen entfallen alle geistreichen Wortbeiträge, die ich mir zurechtgelegt hatte, mangels Anspielstation. Ich lächle in die Stille hinein.

Sarah lächelt nicht zurück.

Die Stille zwischen uns dröhnt.

Ich bin noch nicht zum Rückzug bereit, auch wenn ich bloß ein Vertreter mit schadhaftem Sortiment in einem beängstigend sauberen Hausflur sein mag.

»Ich habe mein letztes Hemd hergegeben, um deine Adresse ausfindig zu machen«, sage ich und Sarah nickt abwesend. Ich komme mir blöd vor und es ist keine leise Ahnung, sondern fies geronnene Gewissheit.

Eine maulende Stimme aus dem Inneren der Wohnung verlangt barsch Auskunft: Wer das schon wieder sei, wird gefragt.

Niemand, ruft Sarah über ihre Schulter.

Danke sehr. Niemand hat sich mächtig ins Zeug gelegt, Blumen gekauft, sie aber dann im Vorgarten versteckt, weil Blumen doch irgendwie zu spießig gewesen wären. Niemand hat ferner drei verschiedene Mixtapes aufgenommen, deren erstes viel zu intim, weil zu balladesk, deren zweites zu kumpelhaft, da zu rocklastig war, deren drittes aber als Meilenstein maßgeschneiderter musikalischer Kommunikation in die Geschichte eingehen dürfte. Eine musikgewordene Kontaktanzeige, nur eben wesentlich subtiler.

Ein Tape, das souverän die größten Hymnen unserer Zeit mit verstiegenen Songs gänzlich obskurer Bands mischt, ein Tape, das ganz selbstverständlich den musikalischen Bogen vom Lautenspiel John Dowlands bis zum Geschrammel der Beasts of Bourbon zu schlagen weiß. Ein Tape, das so recht auszudrücken versteht: »Schau, hier steht ein Mann von Geschmack und Verstand, und er ist gekommen, dich zu freien.«

Niemand hat sich diese Mühe gemacht und niemand hat das verdammt gut hinbekommen.

Niemand. Pah. Andererseits: Unter diesem Kampfnamen hat Odysseus weiland bei Polyphem ganz schön das Haus gerockt.

Die Stimme aus dem Hintergrund zetert und lässt wissen, dass sie sich nicht all die Jahre krummgemacht habe, damit das Fräulein jetzt einen sonnigen Lenz schiebe.

»Meine Mutter«, sagt Sarah entschuldigend.

Ich schöpfe Hoffnung. Vielleicht war bloß das Timing schlecht.

»Ist sie ein Drache? Ich könnte sie für dich töten«, ermanne ich mich, aber Sarah lehnt umgehend ab. Das ging zu weit, eventuell auch ganz daneben. Die Temperatur sinkt, die Stille brüllt, Kommunikationsabbruch dräut.

»Warte mal!« sage ich, renne die Stufen hinab, reiße die Tür auf, ziehe den Blumenstrauß unter dem Rhododendron hervor und flutsche durch die Eingangstür, bevor sie wieder ins Schloss fallen kann.

Atemlos stehe ich vor Sarah, immerhin ist sie noch da.

»Für Ihre Frau Mutter«, sage ich und schaue wie ein Konfirmand. Sarah schaut entgeistert zurück, muss dann aber lachen.

»Ach, scheiß drauf. Lass uns was erleben«, sagt sie und sieht zu einigem entschlossen aus. Welch kühne Wendung, welche Entschlusskraft. Vielleicht war das Timing doch nicht so schlecht.

Ich halte Sarah den Wagenschlag auf, denn ich habe mir Tante Matthes' Trabbi geliehen, obwohl ich mit der verfluchten, blinkerähnlichen Schaltung arge Probleme habe.

Sarah klettert hinein, bewundert artig die schmucke Inneneinrichtung, die aus rotweiß karierten Gardinen, plüschenen Leopardenfellsitzen sowie einer Marienstatuette aus Plastik besteht, die sich an hohen Feiertagen sogar illuminieren lässt. Maria funkelt prächtig und dreht sich fortwährend um die eigene Achse, denn auch diese Fertigkeit haben ihr die verschwenderisch ingeniösen Billigelektroniker Chinas geschenkt, um den abendländischen Glauben zu befeuern bzw. den Automobilen nichtsnutziger Wohlstandsblagen den letzten ironischen Schliff zu geben. An dieser Stelle meinen allerherzlichsten Dank.

Denn auch die Laune Sarahs befeuern Mariä Umdrehungen sichtlich. Umsomehr, als ich auch noch eine Dienstmannmütze aus dem Handschuhfach ziehe, aufsetze und die Dame im Fond nach ihrer präferierten Destination frage.

Egal wohin? fragt die Dame.

Bis ans Ende der Welt, sage ich. Was denn auch sonst.

Es gebe da wohl einen Platz, sagt Sarah, den sie zu besuchen wünsche.

Sehr wohl, antworte ich, starte das Gefährt, würge es zwei- bis dreimal ab, fädele mich dann aber in den Verkehr ein, bis Sarah ein Abbiegen nach links ordert.

Doch wohin es gehen soll, mag sie nicht verraten.Wenn sie sich auch von einem Wildfremden den liebenden Armen ihrer Mutter habe entreißen lassen, so werde sie doch nicht ohne Not jedem hergelaufenen Dienstmann ihre intimsten Geheimnisse preisgeben, wo käme man denn da hin.

Ja, genau, wo kommt man denn hin?, frage ich, aber die Dame lächelt bloß vielsagend in den Rückspiegel und fragt dieses und jenes zu Gefährt und Fahrer, worauf ich dieses und jenes antworte. Und derart wohlerzogen plänkelt unser Gespräch vor sich hin, bis wir den drallen Speckgürtel unserer Stadt verlassen haben. Dahinter waldet es ganz behaglich und verwitterte Basaltbrocken künden vom nahen Höhenzug, der das Flusstal umsteht. Ich zeige mich erfreut über so viel Landschaft und Sarah kommentiert nicht ohne Kennerschaft Gehöfte, Haine und andere Landmarken. Ist Mademoiselle gar Naturbursche, verlange ich zu wissen, aber die verbittet sich energisch solche Vertraulichkeit und strengt ein Gespräch über Wetter, Politik und Miszellen an.

Es ist albern und es ist schön. Sarah spielt Dame und ich spiele abwechselnd Mann von Welt und eilfertigen Dienstmann, bis die Fremdheit überwunden ist und wir voreinander als verschworene Komplizen einer Landpartie durchgehen.

Schließlich dirigiert sie mich zu einem Parkplatz, heißt mich anhalten und verkündet ihre Wünsche.

Das Mädchen möchte bergsteigen. Im Basaltbruch. Dort sei es schön. Ich indes verfüge über ein wenig Höhenangst. Wenn es arg hoch wird, verfüge ich sogar über recht ansehnliche Höhenangst.

Es ist dies aber kein guter Zeitpunkt für Höhenangst. Ein Lieblingsplatz soll mir gezeigt werden und wird mit kühner Geste hoch in der Wand verortet. Dort will das Mädchen mit mir hinauf. Der Lieblingsplatz liegt wie ein Adlerhorst auf einer Felsnase, die der Basaltwand vorgelagert ist. Vielleicht ist er sogar ein Adlerhorst, klein genug wäre er jedenfalls.

Ich begrüße Sarahs Vorschlag dennoch enthusiastisch und mache mich zum schweren Gang bereit, wenngleich ich mir fest vornehme, diesmal nirgendwo hinunterzuspringen.

Die Felsnase ist nur über einen schmalen Sattel zu erreichen, den wir uns zu betreten anschicken, nachdem wir über einen schmalen Pfad die Wand hinaufgestiegen sind, während ich angestrengt nicht in die Tiefe zu blicken versuche, obwohl Sarah mich wiederholt auf die fantastische Aussicht hinweist.

»Ja, herrlich«, sage ich und bin peinlich darauf bedacht, meinen Blick oberhalb des Horizonts zu halten. Mir ist nicht wohl, mir ist flau, aber es muss ja sein.

Die Dame hat Sarah im Auto gelassen und hüpft gemsenhaft auf dem schmalen Felssteg herum.

Sie sei im Zirkus aufgewachsen, mutmaße ich. Nein, widerspricht die Gemse, ganz und gar nicht, fühlt sich aber, derart komplimentiert, zu neuen, noch waghalsigeren Sprüngen herausgefordert. Ein Geröll geht ab, reißt einige Brocken mit sich und rauscht als Kieslawine zu Tal.

»Ups«, sagt Sarah und kichert. Ich schaue tapfer und todesverachtend.

»Nicht so dein Fall?«, fragt sie, aber ich dementiere eisern und schiebe meine unübersehbare Vorsicht auf die Getränke in meinem Rucksack. Die sollten nicht durchgerüttelt werden, verkünde ich und Sarah nennt das eine gute Entscheidung.

Ich trage ein Picknick auf dem Rücken. Ich habe es tagelang vorbereitet. Ursprünglich hatte ich Sekt und Erdbeeren erwogen, mich dann aber wegen der aufdringlich sexuellen Konnotation dieser Speisen für einige belgische Kirschbiere, einen Laib Bauernbrot und Butter entschieden. Deren implizierte Botschaft mag ebenfalls nicht ohne Reize sein, lässt aber ambivalentere Ausdeutungen zu, falls das Treffen in lediglich freundschaftlichen Bahnen verläuft. Die Fruchtgummischlümpfe habe ich wieder ausgepackt. Ein Picknick ironisch zu brechen schien mir bei näherer Betrachtung denn doch widerlich. Es ist eine Wissenschaft.

Endlich ist der Aufstieg gelungen und wir lassen uns auf dem kleinen Plateau nieder. Es ist größer als angenommen und nach einer Weile kann ich dem Drängen der Gams nachgeben und ausgiebig zur Aussicht Stellung nehmen. Sie ist reichlich vorhanden. Es gibt einen Wald, einen Fluss, beiderseits eine Stadt und darüber einen Himmel, damit das Zeugs darunter nicht so verloren im Universum herumliegt.

Alles ist, wie es soll, wenn man von der Höhe mal absieht. Aber auch die ist zu ertragen, wenn man sie im Sitzen verbringt. Außerdem türmen sich neue Herausforderungen. Ein Gespräch will in Gang gebracht werden. Kennengelernt soll sich werden. Charmant sein wird gemusst. Das Kirschbier tut Wirkung.

Ihre Mutter sei gar nicht so, macht Sarah einen unerwartet profunden Anfang. Sie, Sarah, ziehe bloß in Kürze aus, in eine WG, und obwohl ihre Mutter stets verkündet habe, dass ihre Tochter möglichst bald auf eigenen Füßen stehen solle, werde es ebendieser Mutter nun doch schwer, da es wirklich anstehe. Wir waren immer zu zweit, sagt Sarah. Alleinerziehend. Ich nicke.

Ich möchte nicht über meine Eltern reden. Das muss ich aber auch nicht, denn Sarah erzählt weiter.

Sie mache ein freiwilliges soziales Jahr an einer GeBe-Schule und verdiene sich mit weiteren Betreuungsjobs noch ein wenig dazu. Georg-Friedrich habe ich ja schon kennengelernt.

»Rashid auch«, füge ich hinzu.

»Echt?«

»Er hat mir deine Adresse gegeben.«

»Der kleine Drecksack.«

»Dafür musste ich mein T-Shirt rausrücken.«

»Recht so.«

Ich erzähle von meiner Zivistelle, von Horsti und den anderen, vom Superintendenten und dessen Rolle in Rashids Stuntshow.

Sarah grinst und erzählt von Rashid. Sie mag ihn, das merkt man.

Dann erläutert sie den häuslichen Zwist mit Muttern. Er ist ihr wichtig, mir aber vollkommen egal.

Die Miete des Zimmers sei jetzt doch höher als zunächst veranschlagt, so dass sie ihre Mutter um Geld habe angehen müssen, worauf diese, wie eben beobachtet, vollkommen hysterisch reagiert habe, sodass mein Klingeln recht eigentlich im goldrichtigen Moment erfolgt sei.

Timing, sage ich, Timing ist alles.

Die beruhigt sich wieder, sagt Sarah, und wir schauen eine Weile ins Tal, unterschiedlichen Gedanken nachhängend.

»Ich habe auch an dich denken müssen«, sagt Sarah irgendwann, und mein Herz springt in die Luft, schraubt sich drollig quiekend in den Himmel, rittbergert doppelt und dreifach, singt ein Tandaradei und lässt sich wieder in meine Brust plumpsen, dass es schmerzt. Ich bin derweil aber lieber sitzengeblieben, wegen des Abgrunds.

Trotzdem schaue ich vollkommen ungerührt in die Tiefe, denn des Herzens närrische Blödigkeit macht mich für den Augenblick unverwundbar. Das muss genossen werden.

Das Leben ist nicht bloß Tandaradei, haben meine Eltern gerne gesagt – und sie haben es oft gesagt. Meist dann, wenn es ohnehin kaum zu übersehen war. Wenn der Mangel an Tandaradei, der auch unter der Bezeichnung »Trallala« firmierte, drückend wie eine Gewitterfront über dem Tal des Lebens lag. Meine Eltern haben, seit ich sie kenne, keine besondere Befähigung zum Glück gezeigt, im Gegenteil, es scheint sie immer misstrauisch gemacht zu machen. Ich dagegen habe eine große Sehnsucht nach den Schwestern Tandaradei und Trallala und begegne ihnen mit Ehrfurcht und Staunen, wenn ich ihrer ansichtig werde. Außerdem grüße ich höflich.

»Tandaradei und Trallala«, sage ich deswegen, und Sarah schaut wie ein Auto. Wie ein sehr schönes Auto.

Wir bereden die kleinen und großen Dinge der Welt und werden uns in vielem einig.

Der Nachmittag sonnt sich dahin, bis ein Blumenkohl aus Wolke sich vor die Sonne schiebt und die Welt merklich auffrischt. Das soll er mal, der Blumenkohl, denke ich, damit das uralte Spiel von weiblichem Frösteln und männlichem Heranrutschen beginnen möge. Und das tut es dann auch.

Wir sitzen eine Weile aneinandergelehnt und irgendwann eruieren wir ziemlich gleichzeitig, ob man sich eventuell vielleicht küssen könnte. Man kann.

14 Eigentlich braucht Sarah für ihren Umzug nur jemanden mit einem großen Auto, aber weil das einzig verfügbare meiner Zivildienststelle gehört, sind Günther, Horsti und Milva mit von der Partie. Wir werden Sarahs Krempel einladen und in ihre neue WG fahren, die ist bloß ein paar Straßen weiter, das dauert keine halbe Stunde. Horsti hat danach einen Termin bei seinem Vormund, Günther muss zum Kieferorthopäden und Milva zu ihren Eltern in den Westerwald gefahren werden, um ein neues Schwein zu taufen. Das alte ist nämlich alle.

Horsti will unbedingt mit in den Westerwald und Günther soll mit, damit er ein wenig unter Menschen kommt. Das hat die letzte Supervision ergeben. Außerdem wären Milvas Eltern beleidigt, wenn niemand aus der WG zu ihrer Soiree käme. Sie sind sehr für das Integrative, und das klappt ja nicht, wenn sich die Damen und Herren geistig Behinderten ständig drücken und das ganze Wochenende vor dem Fernseher hocken.

Milvas Eltern laden einmal im Monat den halben Westerwald zu selbstgemachten Kulturveranstaltungen ein. Man muss sich ein paar Stunden lang Gedichte anhören, darf danach aber so viele Tiere essen, wie man will, und genau deswegen sind die Abende auch bei kulturferneren Schichten sehr beliebt.

Milva hat sogar einmal eine Ente nach mir benannt, die war aber etwas zäh.

Das neue Schwein soll »Elfbert« heißen, wie ihr Onkel.

Ihr Onkel heißt eigentlich Egbert, schreibt Gedichte für Mutter Erde, wohnt zusammen mit einem schlohweißen Vollbart in einem Bauwagen im Wald und Milva hat natürlich Recht: »Elfbert« passt viel besser zu ihm.

»Dein Onkel stinkt«, meckert Horsti, womit auch er prinzipiell Recht hat. Elfbert ist ein freundlicher, wenn auch etwas streng riechender Messie, der hauptberuflich in einer Fantasiewelt lebt. Man könnte genausogut Horsti zu ihm sagen, aber dieses Thema schneide ich lieber nicht an, denn Horsti ist in keiner guten Verfassung.

Der Termin bei seinem gesetzlichen Vertreter macht ihm zu schaffen, weil der Käpt'n sich selbst natürlich für extrem geschäftsfähig hält. Dabei unterschlägt er freilich, dass er weder lesen noch schreiben kann und Zahlen allenfalls metaphorische Bedeutung beimisst. Vor allem aber ist die Realität für Horsti nur so eine Art Serviervorschlag, und wenn sie ihm zu fade wird, lügt er sich ein Sahnehäubchen obendrauf. Das Problem dabei ist freilich nicht, dass Horsti lügt wie gedruckt, das Problem ist, dass Horsti glaubt, was er sagt.

Mit dieser Haltung steht er allerdings nicht alleine da, werde ich kurze Zeit später von der alten Tante Realität belehrt.

»Ich muss nur noch ein paar Sachen packen«, behauptet nämlich Sarah, ohne rotzuwerden.

Das lügt sie. Sie hat noch gar nichts gepackt. In ihrem Zimmer liegen bloß drei Haufen mit Sachen und Zetteln obendrauf. Auf einem steht »Wegwerfen«, auf dem anderen »Mitnehmen« und auf dem dritten steht »Weiß nicht«. »Weiß nicht« ist der weitaus größte Haufen.

Horsti erklärt sich sofort bereit, die unter »Wegwerfen« abgelegten Sachen zu übernehmen, und Sarah sagt leichtfertig: »Behalt einfach, was du brauchen kannst«, bevor ich protestieren kann.

Zwei Stunden später sitzen wir völlig erschöpft in der Küche ihrer neuen WG. Die Idee, Horsti freie Hand bei Sarahs alten Sachen zu lassen, war doch nicht so gut, weil er das Mandat viel zu großzügig ausgelegt hat. Während wir Sarahs Möbel in den Wagen geschleppt haben, ist er auf Erkundungstour durch die ganze Wohnung gegangen und hat nach Dingen Ausschau gehalten, sie fein säuberlich in Zeitungspapier und Tüten verpackt und dann heimlich in unseren Kleinbus geladen.

Dabei hat er einen erstaunlich bürgerlichen Geschmack bewiesen: Besonders gefielen ihm nämlich ein Porzellan-Service, ein Perserteppich und ein Aschenbecher aus Bronze, der gut und gerne fünf Kilo wiegt.

Wir mussten alles noch einmal auspacken und das Diebesgut aussortieren, während Horsti wie ein übergewichtiges Rumpelstilzchen um uns herumhüpfte und sich ungerecht behandelt wähnte.

Günthers Kieferorthopäden schaffen wir gerade noch, für Horstis Termin ist es hingegen zu spät, aber wir haben uns bereits auf folgende offizielle Version der Ereignisse geeinigt: Ich habe ihn rechtzeitig dort abgesetzt und wieder abgeholt, aber Horsti ist nicht hingegangen.

Er habe ohnehin nicht vorgehabt hinzugehen, erklärt er großzügig.

»Aber dann kriegst du Ärger«, wendet Milva ein, doch Horsti winkt routiniert ab und sagt: »Wir kriegen nie Ärger, wir sind behindert«, worauf Günther und Milva ihn lange aus ihren kleinen, leicht geschlitzten Augen anschauen und schließlich bedächtig nicken. Manchmal sind sie mir wirklich unheimlich, die Kollegen.

Sarah kommt mit in den Westerwald, beschließe ich. Sie braucht dringend Ruhe und Schonung, diese Umzieherei ist nichts für sie.

»Schrecklich komplizierte Angelegenheit, dieses Wohnen«, sagt sie und schaut missmutig auf die Kartons in ihrem neuen Zimmer. »Ich weiß jetzt schon nicht mehr, was da drin ist.«

Horsti fängt an aufzuzählen, er hat ein gutes Gedächtnis für so etwas.

»Das braucht doch kein Mensch«, sagt Sarah, und Horsti bietet wiederum seine Hilfe an.

Wir lehnen ab. Man kommt durch Horstis Gemach auch so kaum noch durch.

Sarah dagegen hat es nicht so mit Besitztümern. Es ist da ein Unweibliches an ihr, wo andere Frauen einen Hang zum Nestbau haben. Sie hat wohl Dinge: Kleidung, Bücher, dinggewordene Erinnerungen, Lebensausstattung, aber sie gluckt nicht darauf herum. Dinge, die ihren Dienst getan haben, gibt sie frei. Sie lebt ein wendiges Leben, kluge Menschen tun das bisweilen. Dafür sind sie hemmungslos überfordert, wenn sie sich einrichten sollen.

Sarah sitzt ratlos auf ihren Kartons, macht erst eine wegwerfende Handbewegung und dann dieses bestimmte Gesicht. Es ist ihr Aufbruchsgesicht. Ich liebe es.

»Ach, scheiß drauf. Lass uns was erleben«, sagt sie.

Genau das war der Plan.

»Du musst dir Milvas Familie als gelungene Mischung aus den Waltons, den Fuggern und dem Fanclub der Grateful Dead vorstellen, die sich zur Kirmes in Walden Pond verabredet haben«, erkläre ich Sarah, als wir auf der Landstraße sind. Es mag ein gewagter Denkansatz sein, aber anders ist diesem Phänomen nicht beizukommen. Sarah nickt irgendwo zwischen beeindruckt und verwirrt.

Immerhin kommen wir rechtzeitig zur Schweinstaufe. Als wir auf den Hof fahren, galoppiert uns das Tier mit einer roten Samtschleife geschmückt entgegen. Dahinter galoppiert Milvas Mutter, die eine ähnliche Schleife im Haar, ansonsten aber einen blauen Overall trägt.

Mit einer erstaunlich behenden Blutgrätsche bringt Milvas Mutter das Ferkel zu Fall, schultert es nach kurzem Hand- und Hufgemenge und trabt mit unverminderter Geschwindigkeit auf uns zu. Es folgt eine jener ausgiebigen Begrüßungszeremonien, für die Milvas Familie weit über die Grenzen ihres Weilers hinaus gefürchtet ist.

»Mensch, ich freu mich«, ruft die Gisela nun zum fünften Mal und walkt uns unbarmherzig durch, freilich ohne die quiekende Ferkelstola abgesetzt zu haben, sodass ich nicht nur von der Mutter, sondern auch mehrmals vom Schwein geküsst werde.

Auch Sarah wird empfangen wie eine verschollen geglaubte Tochter und nebenbei begutachtet wie Schlachtvieh. Gisela töpfert und skulptiert nämlich.

»Du musst mir mal Modell stehen, du hast schöne Brüste«, sagt die Gisela, deren Skulpturen alle aussehen wie die Venus von Willendorf, von deren gewaltigem Fettsteiß Sarah gut und gerne siebzig Kilo und fünfundzwanzigtausend Jahre trennen. Sie sieht nämlich eher aus wie die Venus von der Insel Milos, mit Armen dran, selbstverständlich.

Sarah verspricht höflich, das Modellstehen in Erwägung zu ziehen.

»Dein Freund steht auch Modell.«

»Was?« Sarah ist das neu. Ich muss vergessen haben, es zu erwähnen. Aber immerhin dementiert sie den »Freund« nicht.

»Weil ich Schulden habe«, sage ich.

Sarah will sofort die Bilder sehen, aber Gisela winkt ab.

»Bei mir weigert er sich. Er sagt, das stehe nicht in seinem Arbeitsvertrag.«

Ich erkläre Sarah, dass ich für einen Maler namens Musa Modell stehen muss, weil ich versehentlich sein Atelier ein bisschen angezündet habe.

Die Geschichte macht Eindruck, wenn auch nicht den gewünschten.

»Ich wollte schon immer Männchen malen«, prustet Sarah. »Wann bist du das nächste Mal dran?«

»Das wirst du nie erfahren.«

»Montagabend«, kräht Milva.

»Danke, Herzchen.«

Die Damen grinsen sich eins.

Milvas Vater, der Alwin, kommt aus seinem Atelier herausgestürmt und schlägt mir immer wieder mit voller Kraft auf den Rücken, weil er sich ebenfalls freut, mich zu sehen. Der Alwin war in einem früheren Leben Architekt, hat er mir mal erzählt, und ist ziemlich reich geworden, weil er die Landschaft mit Shopping-Malls und Möbelhäusern zugepflastert hat. Jetzt betreibt er zum Spaß ein bisschen ökologischen Landbau, hält Vorträge über nachhaltige Architektur aus Lehm und nennt sich auf seiner Visitenkarte »Visionär« und »Landschaftskünstler«, außerdem ist er zusammen mit seiner Frau Gründer, Gottpräsident und oberster Strippenzieher des Elternvereins und damit mein Arbeitgeber.

Schließlich wackelt auch noch die hagere Gestalt Elfberts auf einem alten Damenfahrrad durch die Toreinfahrt. Er hat zur Feier des Tages seine Lederhose frisch eingefettet und den Rest in Haare und Bart geschmiert, sieht aus wie ein echter Schweinepriester, und als das quietschende Tier seiner ansichtig wird, stellt es prompt jeden Widerstand ein.

Die Zeremonie verläuft denn auch ohne Zwischenfälle. Kein Wunder, alle Beteiligten sind Profis, und Milva hat heute Morgen nochmal mit ihren Meerschweinchen geübt.

Anschließend werden wir zu einem kleinen Umtrunk eingeladen, und was immer gegen diese Familie vorzubringen wäre, muss angesichts der fantastischen Obstbrände verblassen, die besonders Elfbert der unwirtlichen Natur des Westerwaldes zu entreißen im Stande ist. Auch diesmal wartet er mit tollen neuen Schnapsideen auf. Ich allerdings nippe nur kurz an der neuen Waldbeerenkreation, schließlich muss ich die Bande noch nach Hause fahren.

Drei Stunden später sehe ich mich zwar außerstande, Wortungetüme wie »Waldbeerenkreation« fehlerfrei zu artikulieren, bin aber ansonsten allerbester Dinge. Gefahren wird allerdings heute nicht mehr. Wohin auch, hier ist es ja schön.

Ich lümmele mich mit einer bereits schwer silberblickenden Sarah auf dem Sofa und der kulturelle Teil des Abends neigt sich dem Ende entgegen. Wir befinden uns mitten in einem Gemälde, das Brueghel in seiner betrunkenen Phase gemalt und anschließend verbrannt haben muss, weil es ihm sowieso keiner geglaubt hätte.

Ungläubigen Staunens sind wir Zeugen diverser Schamanentänze unter Beteiligung der Katholischen Landfrauen geworden, die dicke Bäckersfrau aus dem Ort hat nicht nur Puddingschnecken, sondern auch selbstgeklöppelte Gedichte mitgebracht und sich dabei von einer Prinz-Heinrich-Mütze mit Akkordeon begleiten lassen. Unter der Mütze steckte ein verhutzelt Männlein, wenn ich mich recht erinnere, aber es kann auch ein Troll gewesen sein.

Horsti steht noch immer auf der Bühne und singt.

Ein vierschrötiger Bauer sitzt vor ihm und weint. Ein anderer schläft.

Horstis Stimme klingt ziemlich rau, weil er einen Gutteil des Spätprogramms alleine bestritten hat. Mittlerweile ist sein Textvorrat aufgebraucht und er kombiniert die größten Hits von Rex Gildo mit Dingen, die ihm aus dem Stegreif einfallen.

Horsti ist ganz klar der bessere Texter.

»Frei wie ein Ferkel im Wind«, wiederhole ich eines der sprachlich eindrucksvollsten Bilder des Käpt'n Horsti, und Sarah applaudiert trunken.

»Frei wie ein Ferkel im Wind«, wiederholt sie und wir stoßen an. Horsti verbeugt sich und geht von der Bühne ab. Der weinende Bauer klopft ihm auf die Schulter und weckt seinen Kollegen.

Sie haken einander unter und hangeln sich, das Mobiliar als Kletterhaken benutzend, unter Mühen Richtung Tür. Der ehemals weinende, nun selig bis entrückt lächelnde Bauer dreht sich zargenfüllend um und spricht tatsächlich: »Gottes Segen auf diesem Haus und seinen Bewohnern.«

Sein Kollege nickt und dann entschwinden beide ins Dunkel.

Wir sind von einem betrunkenen Bauern gesegnet worden und freuen uns sehr darüber.

Man steht ja auch ungläubig davor, wenn man unerwartet mit solcher Freundlichkeit bedacht wird, besonders wenn man mit nackender Seele im Glück der Nacht schwimmt. Und verschwipst ist. Sarah schluckt gerührt.

»Wie schön das ist«, sagt sie. »Genau so habe ich mir Schlumpfhausen immer vorgestellt.«

Ich betrachte sie und versuche zu ergründen, was wir füreinander sind. Sarah aber tut, was sie immer tut, wenn ich mich mit meinem Gründelblick an ihr festsauge: Sie streckt mir die Zunge raus. Diesmal allerdings erst, nachdem unsere Münder aufeinandergetroffen sind. Derart befeuert stelle ich eine Frage:

Ob man ins Heu gehen solle, frage ich, dort könne man gemeinsam Firmament schauen und dabei einige interessante Allergien anprobieren.

Ob ich ihr ernsthaft auf diese billige Tour kommen wolle, fragt die Angesprochene zurück. Knick-knack, du-weißt-schon, say no more und dergleichen. Ich bejahe aus voller Überzeugung.

»Das will ich auch gemeint haben«, sagt sie und greift nach meiner Hand.

Kurze Zeit später liegt man im Heu, schaut durch die Luke gen Himmel und niest, anschließend wird ein Vorspiel gegeben.

»Ich kann nicht, wenn ein Universum zuguckt«, sage ich, bin aber bloß nervös und so werden wir albern, denn das geht uns leichter von der Hand als die Romantik.

Die ist bisweilen nur schwer auszuhalten, wenn sie einen so hochtrabend anfährt. Mit Sternenfunkel und Sommerwind und mondblau beschienenen Menschen.

Wir halten uns diverse Trockengewächse unter die Nase und testen deren allergisches Potenzial. Ich niese rechtschaffen, bald steht es 5:0 für mich und Sarah hat ein Einsehen.

Außerdem hat sie sich mit einem Ohrenkneifer angefreundet, den sie Klaus nennt. Sie setzt ihn von ihrer Hand auf einen Balken und verabschiedet sich freundlich.

Klaus solle sich umdrehen, befiehlt sie, das hier gehe ihn nichts an.

Kleidung verrutscht, wird bald ganz ausgezogen, die Körper tun, wozu sie da sind.

»Es pikt«, sagt Sarah.

»Das bin womöglich ich.«

Irgendwann klebt eine Vogelscheuche an mir. Ihr Kopf liegt auf meiner Brust, Halme hängen an ihrer Wange, Stroh in ihrem Haar, dunkelschwarze Knöpfe hat sie anstelle von Augen.

Die schöne Scheuche schaut mich an. Ich schaue die Scheuchen.

Gesagt wird nichts. Romantik trumpft auf, spielt ihre Hand

aus und sie tut es gut. Mit Sternenfunkel und Sommerwind und mondblau beschienenen Menschen.

Dass es so sein kann. Unfassbar.

Wir gehen trotzdem zurück ins Brueghel-Bild. Es ist noch da.

Am Kopfende des Tisches thront Milva mit dem Täufling Elfbert auf dem Schoß, daneben der Taufpate, dessen knochige Hände ein Saiteninstrument bedienen, das er 1973 aus Pakistan mitgebracht haben will, obwohl er den Westerwald nachweislich noch nie verlassen hat. Außerdem besteht der Korpus aus einer Kiste, die noch den Stempel eines Weinguts von der Ahr trägt, aber was spielt das für eine Rolle, wenn die Töne, die Elfbert, der Ältere, dem Instrument zu entlocken weiß, zweifellos aus einer fernen und fremdartigen Welt stammen, auch wenn diese wie das Instrument in Eigenbau entstanden ist.

Dazu schlägt der Alwin den Takt mit der flachen Hand auf den Tisch, während Horsti, mit einer gekonnt dahingeschlenzten Bauernpolka die Dielen zum Knarzen bringt.

Kontrastiert wird dieser bukolische Überschwang von der Rubensgestalt Giselas, die wohlgefällig lächelnd auf dem Sofa ruht und den schlummernden Günther unter ihren Brüsten hudert. Ist er doch noch unter Leute gekommen, denke ich, wie überaus fein sich heute alles fügt.

Gisela war es auch, die uns ordnungsgemäß daheim abgemeldet und unsere Heimkehr für den nächsten Tag annonciert hat, sodass der Abend von zivildienstlicher Hektik unbelästigt seinem Ende entgegenfließen konnte.

Worüber sich daheim im Übrigen niemand wundert, denn als Zivi in einer Elterninitiative ist man kein normaler Arbeitnehmer, sondern irgendetwas zwischen Ersatzsohn und Galeerensklave. Im Moment gehöre ich zur Familie, aber Gisela wollte mich auch schon mal zur Apfelernte ausleihen, weil sie ausgerechnet hatte, dass ich billiger komme als ein Pole.

Irgendwann lugt die Sonne hinter dem Beulskopf hervor, der sich fichtenbestanden über Busenhausen erhebt, und blaues Dämmerlicht erfüllt die Stube. Horsti spricht einen letzten Toast, den er Milvas Mutter und Rex Gildo widmet, in die er zu gleichen Teilen verliebt zu sein erklärt, und Elfbert, der Ältere und Unschweinerne, chantet ein beherztes Omm, damit die Sonne auch ganz bestimmt gleich wieder über diesem schnapsgetränkten Bullerbü aufgeht.

Dann wird zu Bett gegangen.

»Ins Heu, ins Heu«, drängelt eine glückliche Frau.

»Ins Heu, ins Heu«, sagt ein glücklicher Mann.

15

»Es geht mir schlecht«, sagt Bernd und schaut uns triumphierend an.

Leider hat er Recht. Sein Vater ist gestorben und es geht Bernd wirklich schlecht, obwohl er uns angrinst, als hätte er gerade den Nobelpreis gewonnen.

»Und deswegen müsst ihr tun, was ich sage«, ergänzt er und wir nicken, weil nämlich auch das stimmt. Das hat Bernd schriftlich, er hat den verdammten Zettel sogar mitgebracht und wedelt damit herum.

»Wenn es einem der Unterzeichnenden schlechtgeht, müssen die anderen alles tun, was er sagt, bis es ihm wieder bessergeht«, steht da in Bernds Schrift. Daneben steht in meiner Schrift »Aber nur einmal«, und darunter sind die Unterschriften von Bernd, Tante Matthes und mir. Den Vertrag haben Bernd und ich in der achten Klasse aufgesetzt, deswegen wirkt meine Schrift noch etwas kindlich, während Bernd schon immer geschrieben hat wie ein Oberarzt auf Alkoholentzug.

»Das gilt also immer noch?«, fragt Matthes und Bernd nickt. Für Bernd ist das gar keine Frage, sein Abo von Peter Moosleitners interessantem Magazin gilt ja auch immer noch.

Und eigentlich ist es nur fair, dass Bernd endlich die Früchte dieser Abmachung erntet, immerhin war die ganze Geschichte seine Idee, aber bisher ist es ihm halt noch nie erkennbar schlechtgegangen. Bernd neigt nämlich nicht so zu Gefühlen. Er ist Hobbyautist und Naturwissenschaftler mit einem Faible für moralisch bedenkliche Versuchsanordnungen und Forschungsansätze.

Wahrscheinlich ist er auch der Einzige, der je mit einem geheimen Rüstungsprojekt am Wettbewerb »Jugend forscht« teilgenommen hat. Er hatte damals versucht, heimlich ein neuartiges Nervengas zu entwickeln, was uns nach seinem missglückten Experiment eine Woche schulfrei und Bernd diverse Sitzungen beim Schulpsychologen einbrachte, weil er für einen Zwölfjährigen erstaunlich weit gekommen war. Zu Bernds Glück war der Amoklauf an Schulen noch nicht erfunden, sonst hätten sie ihn damals für immer weggesperrt.

Überhaupt galt Bernd damals als Wernher von Braun unserer Schule: Hochbegabt, aber vollkommen gewissenlos hat er seine Kenntnisse jedem zur Verfügung gestellt, der dafür zu zahlen bereit war. Sogar dem fetten Ammler hat er Stinkbomben gebaut, und der galt vollkommen zu Recht als Saddam Hussein unserer Schule, was nicht allein an seinem Schnauzbart lag, den er schon aus der Grundschule mitgebracht hatte. In der Unterstufe hat Bernd jedenfalls noch das glamouröse Leben eines verrückten Wissenschaftlers geführt, bis der Markt für Stinkbomben, Raketentreibsätze und Modellflugzeugaufrüstungen von einem auf den anderen Tag zusammenbrach und auch Bernd selbst schließlich von den reißenden Wogen einer reichlich verspäteten Pubertät mit voller Wucht erfasst wurde und sich total verpickelt in den hintersten Winkeln unseres Klassenzimmers wiederfand.

Dort traf er auf mich, weil die Wogen auch mich dort abgesetzt hatten, und wir wurden Freunde, allerdings hauptsächlich aus Mangel an Alternativen.

Bernd übernahm meine Hausaufgaben und ich sagte ihm dafür, was für Musik er hören muss. Er hatte sogar angeboten, meine Mathematikarbeiten zu schreiben, aber dafür hätte ich ihm zeigen müssen, wie man Mädchen anspricht, und das wusste ich selber nicht. Dabei habe ich es immer wieder versucht, aber »Guten Tach« hat einfach nie gereicht.

In der Oberstufe stieß Tante Matthes aus Bayern zu uns, unterschrieb unseren Vertrag und eröffnete Bernd ein neues Forschungsgebiet, das ihm eher zusagte als Musik, Mädchen oder Gefühle. Bernd kann für halluzinogene Drogen nämlich dieselbe akribische Begeisterung aufbringen wie für seine ehemaligen Fachgebiete Militärtechnik und Modellbau. Er weiß mittlerweile alles über deren Herstellung und Wirkungsweise, das meiste hat er sogar im Selbstversuch ausprobiert, und im Herbst kann man Bernd mit irgendwelchen Freaks über die Kuhwiesen der Umgebung streifen sehen, die ihn immer mitnehmen, weil er natürlich alle Pilze auseinanderhalten kann. Aber wenn sie die Pilze dann eingeworfen haben, wird Bernd ihnen schnell unheimlich, weil er dazu neigt, im Rausch über Panzertypen des Warschauer

Paktes zu referieren. Manchmal sieht er sie sogar über die Wiese fahren, sagt er.

Als ich zum ersten Mal ernsthaft unglücklich verliebt war, ist unser Vertrag in Kraft getreten und ich habe Matthes und Bernd befohlen, zu meiner persönlichen Erbauung ein schwules Coming-out zu inszenieren, obwohl bzw. gerade weil Matthes ganz sicher und Bernd mutmaßlich auch hetero ist. Eine Woche lang haben die beiden jeden Tag unter großer Anteilnahme der Öffentlichkeit auf dem Schulhof herumgeknutscht, bis sie zum Direktor gerufen wurden, der sie wegen Störung des Schulfriedens vom Unterricht suspendieren wollte, obwohl er immer wieder betonte, dass er persönlich weiß Gott nichts gegen Homosexualität einzuwenden habe.

Das hat Matthes ihm aber nicht geglaubt, und statt der Knutscherei veranstaltete er ein schwul-lesbisches Protestlager auf dem Schulhof, an dem erst nur ein paar Oberstufen-Schüler, dann aber überraschenderweise irgendwann auch unser Sportlehrer teilnahmen, der doch viel weniger verheiratet war, als er immer behauptet hatte.

Die Lokalzeitung angerufen hat Matthes damals aber nicht, beteuert er bis heute. Fakt ist allerdings, dass jemand sie angerufen hat, und auf dem Foto sieht man Matthes, wie er hochzufrieden beide Daumen hochreckt, unseren Sportlehrer, der befreit in die Kamera lächelt, weil er endlich mit sich im Reinen ist, und Bernd, der sich ein Physikbuch vor das Gesicht hält.

Der Direktor musste eine Erklärung abgeben, in der er sich von jeglicher sexueller Diskriminierung distanziert, aber ein Jahr später hat der Sportlehrer den Dienst quittiert und Matthes seine Zulassung für das Abitur nicht geschafft, wobei man sagen muss, dass Matthes es auch ohne den Direktor nicht geschafft hätte, weil er zu dieser Zeit schon gar nicht mehr hingegangen ist.

Eine Woche später hat trotzdem jemand das Auto des Direktors angezündet, und damit war auch Matthes' Wunsch erfüllt.

Danach ist das Vertragswerk in Vergessenheit geraten, aber jetzt, ein halbes Jahr nach unserem Abitur, hat Bernd es wieder herausgekramt. Und weil es immer noch gilt, fahren wir gemeinsam zu einem Fachgeschäft für Karnevalsbedarf, um Clownskostüme zu kaufen.

Schon vor einigen Wochen, als klar war, dass sein Vater sterben würde, hatte Bernd diese Idee geäußert, aber wir sind nicht darauf eingegangen. Wir hatten gehofft, dass es ein Witz war oder dass er es wenigstens wieder vergisst. Bernd will nämlich ein Clownskostüm zur Beerdigung seines Vaters anziehen, und wenn man ihn fragt: »Bernd, warum zum Henker willst du das tun?«, zuckt er mit den Schultern und sagt: »Weiß nicht, ich denke einfach, das würde passen.«

Mehr sagt er nicht dazu und redet dann lieber wieder über Sachthemen. Eigentlich weiß ich überhaupt nichts über Bernd und seine Familie, er sagt ja nie etwas. Aber wenn jemand zur

Beerdigung des eigenen Vaters im Clownskostüm auftauchen will, ist das ja auch eine Aussage.

Mir wird ziemlich schlecht von dieser Aussage, zumal Bernd sich in den Kopf gesetzt hat, uns als Clownreserve in die Schlacht zu werfen, falls es zu Ausschreitungen kommt. Er habe nämlich zwei Cousins, die ihn hassen, erzählt er, und deswegen wäre es unklug, die Sache alleine durchzuziehen. Wir dürfen uns zwar im Hintergrund halten, müssen ihn aber raushauen, falls es ernst wird.

Das müsst ihr für mich machen, das habe ich mir vertraglich zusichern lassen, sagt Bernd, grinst und sieht ganz fürchterlich dabei aus. Während er vor dem Spiegel steht und grüne Perücken anprobiert, nimmt mich Matthes zur Seite.

»Das können wir nicht bringen«, sagt er. »Das ist immerhin sein Vater.«

Matthes ist ehrlich entsetzt und hat natürlich Recht. Dabei dachte ich immer, dass er der Verrücktere von beiden sei.

Und als Matthes und ich zuschauen, wie Bernd sich eine Pappnase aufsetzt, wie seine Hände dabei zittern, wie ihm alle Farbe aus dem Gesicht gewichen ist, wie er sich selbst zum dämlichsten aller Klischees macht und wie er dann schließlich krumm und kaputt als trauriger Clown vor uns steht und seinem Spiegelbild die Zähne fletscht, als wolle er es vertreiben, ist es wiederum Tante Matthes, der endlich sagt: »Das reicht jetzt.«

Bernd starrt uns verständnislos an, aber wir packen ihn an den Armen und schleifen ihn aus dem Laden.

Der Mann vom Wachschutz will uns aufhalten, weil Bernd sich wehrt, aber als er sich den völlig verschwitzten und ziemlich kraftlos um sich schlagenden Typen zwischen uns genauer ansieht, will er mit der Sache lieber nichts zu tun haben. Außerdem hat Bernd angefangen zu heulen.

»Unser Kollege ist krank«, sage ich, und der Mann nickt.

Wir laden Bernd ins Auto und fahren mit ihm in der Gegend herum, damit er sich beruhigt. Wir fahren zum Steinbruch, wo Bernd seine Laufbahn als Pyrotechniker begonnen hat und wo er immer noch jeden Sommer seinen Geburtstag feiert.

Wir rauchen und ich erzähle die Geschichte, wie Bernd für Maja dort ein Feuerwerk veranstaltet hat, das so groß und weithin sichtbar gewesen war, dass die Polizei anderntags Ermittlungen anstellen musste.

Dann fahren wir zum Badesee, Matthes wirft wie ein Irrer Steine ins Wasser und ich erzähle die Geschichte, wie wir zusammen die Spanner im Gebüsch mit matschigen Bananen beworfen haben. Bernd wäscht sich das Gesicht.

Es geht ihm jetzt etwas besser, aber er will immer noch nicht mit uns sprechen.

Wir fahren noch ein bisschen herum und kommen irgendwann beim Friedhof an.

»Wir sind da«, sagt Tante Matthes und Bernd steigt wortlos aus.

Wir folgen ihm, auf dem kleinen Friedhof ist die offene Grabstelle schnell auszumachen. Die Prozession nähert sich bereits,

Bernd reiht sich vorne ein und wir lassen uns ganz ans Ende des kurzen Zuges fallen.

Nach der Beerdigung stellt sich eine Frau als Bernds Mutter vor und bedankt sich bei uns. »Es ist gut, wenn Bernd jetzt jemanden um sich hat«, sagt sie.

»Sicher«, antworten wir und erfahren, dass sie Pharmareferentin ist und in Osnabrück wohnt. Von Bernds Vater war sie seit langem geschieden, das wusste ich immerhin schon.

Bernd steht mit unbewegtem Gesicht daneben und lässt sich von den anderen Besuchern die Hand schütteln. Die Cousins klopfen ihm auf die Schulter und sagen, dass schon alles wieder wird.

Dann werden wir zu Kaffee und Kuchen eingeladen.

»Bis nachher«, verabschiedet sich Bernd. Er will sich noch umziehen und wir versprechen, ihn zu fahren.

Aber weil wir einen Vertrag zu erfüllen haben, fahren wir stattdessen gemeinsam zur Sparkasse. Tante Matthes und ich lösen unsere Sparbücher auf und Bernd verspricht, dass wir das Geld auf jeden Fall zurückbekommen.

Dann fahren wir zur Wohnung, in der Bernd mit seinem Vater gewohnt hat. Ich war vor vier Jahren das letzte Mal da, aber Bernds Zimmer sieht noch genauso aus, wie ich es in Erinnerung hatte. Es wirkt, als bewohne er seit Längerem das Zimmer eines jüngeren Bruders, den er aber gar nicht hat. Im Regal stehen verstaubte Modellflugzeuge, Dinosaurier aus Plastik und ein Mikroskop. Die Wände sind kahl, bloß über dem Schreibtisch hängen ein paar Fotos von seiner Familie und eins, das Matthes von Bernd und mir in Maastricht aufgenommen hat.

»Ich bin nicht so gut in Wohnen«, sagt Bernd entschuldigend.

»Das hat er von seinem Vater«, flüstert mir Matthes zu, der sich umgesehen hat, während ich Bernd beim Packen zusah. Als Bernd seine Kleidung in der Reisetasche verstaut hat, schaut er sich noch einmal um und verschließt die Tasche dann mit einem energischen Zug am Reißverschluss.

»Was ist mit den ganzen anderen Sachen?«, frage ich.

»Die Wohnung gehört meiner Tante«, sagt Bernd. »Soll die sich drum kümmern.«

Am Flughafen trinken wir zusammen Bier, aber keiner sagt etwas, bis Bernd endlich anfängt, uns die verschiedenen Flugzeugtypen zu erklären. Matthes und ich stellen ihm Fragen dazu, weil das immer noch besser ist, als gar nichts zu sagen.

Als sein Flug aufgerufen wird, geben wir uns erst bloß die Hand, bis Matthes Bernd zu sich heranzieht, dann umarmen wir uns alle und lassen erst los, als Matthes einen Witz darüber macht, den ich aber vergessen habe. Nachdem Bernd hinter der Schleuse verschwunden ist, lösen wir uns eine Karte für die Aussichtsplattform.

»Kanada«, sagt Matthes, als wir die Treppen hinaufsteigen. »Was will der ausgerechnet in Kanada?«

»Keine Ahnung. In Australien war er halt schon«, antworte ich. »Wahrscheinlich weiß er es selber nicht.«

Aber das ist ja auch egal, für Bernd kann es eigentlich nur besser werden.

»Der ist raus«, sagt Matthes, der offensichtlich dasselbe denkt, und wirft eine Münze in das Fernglas.

Wir sehen Bernd dann tatsächlich abheben – er hat uns natürlich die Nummer seines Flugzeugs aufgeschrieben. Ich winke, obwohl es natürlich nichts bringt und total bescheuert aussieht. Matthes rollt erst mit den Augen, winkt dann aber auch.

Irgendwann ist Bernd nur noch ein kleiner Punkt am Himmel und Tante Matthes zieht unseren Vertrag aus der Tasche.

»Ich glaube, der gilt nicht mehr«, sagt er und zerreißt ihn dann in kleine Schnipsel.

16

Wir sitzen im Bully, den wir uns für das Wochenende bei der Behindertenwerkstätte geliehen haben, und reden über Rashids Geburtstagsgeschenk.

»Ich mach das nicht«, sagt Sarah. »Bei aller Liebe, aber das mach ich nicht.« Irgendwo ist auch mal Schluss, sagt sie.

Zu seinem Geburtstag wünscht sich Rashid nämlich, dass ihm endlich mal jemand einen runterholt, am liebsten Sarah, und wenn das nicht geht, dann Cindy Crawford.

Er selber kann es nämlich nicht, weil er Spastiker ist. An schlechten Tagen sind Rashids Hände so heillos vor der Brust verknotet, dass man sie mit einem Stemmeisen nicht aufbrechen könnte, an guten Tagen sieht es aus, als würde er Männchen machen.

»Tu wenigstens die Zunge rein«, sage ich dann immer, weil es der einzige Körperteil ist, den Rashid wirklich jederzeit kontrollieren kann, aber er lehnt sich dann bloß noch weiter aus dem Autofenster, macht Männchen, lässt die Zunge raushängen und versucht etwas zu rufen, wenn er irgendwo ein Mädchen sieht, aber es klingt eher wie ein heiseres Bellen und macht die Sache auch nicht gerade besser. Es wird wirklich Zeit, dass ihm jemand seinen Wunsch erfüllt.

Aber Sarah will ja nicht. Und Cindy antwortet nicht, obwohl wir zusammen einen sehr netten Brief an ihr Management geschrieben haben, um sie für diese schöne Charity-Aktion zu gewinnen.

Wegen des Briefs ist Rashids Betreuerin vom Jugendamt ziemlich sauer auf mich, dabei war es wirklich nicht meine Idee, ich wollte sie ihm sogar ausreden, aber Rashid hat einfach immer wieder seinen Kopf gegen das Bettgestell geschlagen und gegen dieses Argument ist jeder machtlos.

Um ihn abzulenken, haben wir Rashid zum Dynamo-Festival eingeladen, vielmehr haben wir ihn überzeugt, selbst hingehen zu wollen und uns als Betreuer mitzunehmen, aber gefreut hat er sich trotzdem.

Im Sommer leihen wir uns häufiger Schwerbehinderte aus und besuchen mit ihnen Musikfestivals, weil man kostenlos weitere Betreuungskräfte einschleusen und sich selbst die Stunden auch noch als Arbeitszeit aufschreiben kann. Außerdem bekommt man einen Schlüssel für sanitäre Einrichtungen, die niemand sonst benutzen darf, und wird am Einlass nicht kontrolliert. Allerdings muss einer von uns immer nüchtern bleiben oder wenigstens überzeugend so tun.

Wir nennen das Ganze »Therapeutisches Rocken« und wollen uns mit diesem Angebot später im Behindertenbereich selbständig machen. Der therapeutische Wert ist natürlich noch umstritten, aber das ist ja bei vielen Sachen so und die werden trotzdem gemacht. Seidenmalerei z. B. hilft kein bisschen gegen

Behinderung, steht aber immer wieder auf dem Stundenplan. Rashid hat mittlerweile den ganzen Schrank voller Seidentücher, kann aber immer noch nicht laufen. Da kann man es ruhig auch mal mit Rocken versuchen, finden wir.

Rashid wird bald sechzehn und wohnt seit fünf Jahren in diesem Kinderkrankenhaus, das dafür angeblich jeden Monat einen Umschlag mit Bargeld von der jemenitischen Botschaft bekommt. Das erzählen zumindest die Krankenschwestern, und Rashid behauptet sogar, dass er zu Hause ein Prinz ist, mit Harem und allem drum und dran, aber Rashid behauptet so einiges, besonders an guten Tagen. An schlechten Tagen sitzt er bloß in der Ecke und stiert die Wand an.

Als wir in sein Zimmer kommen, sitzt Rashid mit seinem silbernen Sturzhelm vor dem Fernseher, während in ohrenbetäubender Lautstärke VIVA läuft. Sehen kann er allerdings nichts, weil ihm der Helm über die Augen gerutscht ist.

Die Fenster sind auf Durchzug gestellt und auf dem Sims steht ein voller Aschenbecher, denn seit die Schwestern in ihrem Aufenthaltsraum nicht mehr rauchen dürfen, kommen sie immer mal wieder bei Rashid vorbei und der bekommt dafür ein paar Züge ab.

Die Krankenhausleitung ist natürlich gegen die heimliche Raucherei auf seinem Zimmer, aber wir haben einen Brief an die jemenitische Botschaft geschrieben, sie soll Rashid endlich einen Diplomatenpass geben. Damit könne man überall und immer rauchen, behauptet er. Wegen des Briefs ist die Krankenhausleitung ziemlich sauer, dabei war es wirklich nicht meine Idee, aber Rashid hatte wieder angefangen, seinen Kopf gegen das Bettgestell zu schlagen.

Hinter uns fällt die Tür zu. Rashid erschrickt und fängt an, wild herumzuzucken. Für einen Spastiker ist er ziemlich beweglich, deswegen muss man ihn ständig anschnallen, besonders wenn etwas Lustiges im Fernsehen kommt, sonst schnappt er bei jedem Witz wie ein Klappmesser auf, hüpft krächzend in die Luft und landet auf seinem Gesicht, weil er sich ja nicht abstützen kann. Wir sagen schnell Hallo und behaupten, geklopft zu haben.

Die Krankenschwestern haben seine Sachen schon gepackt, und zwar alle, obwohl wir nur für zwei Tage wegfahren. Rashids Hab und Gut steht in Koffern und Mülltüten verpackt in der Mitte des Zimmers, die Schränke stehen offen.

»Ich glaube, die wollen dich loswerden«, sage ich, weil sie ihm sogar alle Seidentücher eingepackt haben, und Rashid freut sich. Er freut sich immer, wenn ich sage, dass sie ihn hier bald rausschmeißen.

Rashid steckt noch seine neongrüne Plastiksonnenbrille ein, ohne die er nirgendwohin kann.

»Auf Wiedersehen, infantile Zerebralparese aus 114«, ruft der Oberarzt, als wir an ihm vorbeirauschen. »Tschüss, Oberarzt«, sagt Rashid, aber das stimmt natürlich nicht, denn ein Oberarzt hat stets Wichtigeres zu tun. Also steigen wir unverabschiedet in unseren Bully, schieben die Bad-Brains-Kassette ein, zu der man auch ohne Spastik schön zucken kann, und fahren auf die Autobahn. Rashid lässt die Zunge im Fahrtwind flattern.

Es ist zwölf Uhr mittags, wir liegen vor unseren Zelten und versuchen zu schlafen, weil Rashid die ganze Nacht Terror gemacht hat. Er hat noch nie auf einer Isomatte geschlafen und wollte alle zehn Minuten umgedreht werden, weil es unbequem war, außerdem hat er ständig gefragt, wann das Konzert endlich anfängt.

Jetzt geht es zwar gleich los, aber wir sind schon von der ersten Nacht total kaputt, bloß Rashid ist noch topfit, wackelt aufgeregt in seinem Rollstuhl herum, kreischt vor Freude und klingt dabei wie King Diamond.

Das sagen zumindest unsere Zeltnachbarn. Sie kommen aus Herne, sind allesamt Schlosser und ganz offensichtlich genauso aufgeregt wie Rashid, jedenfalls kreischen sie auch und haben ebenfalls nicht geschlafen, sondern die ganze Nacht nebenan King Diamond gehört und Bier getrunken.

King Diamond ist meine Lieblingsband, behauptet Rashid, der sonst bloß VIVA guckt, aber er ist da ziemlich flexibel. Hauptsache laut.

Die Jungs aus Herne zeigen ihm Bilder von King Diamond und Rashid verlangt, sofort auch so geschminkt zu werden. Sie bieten an, sein Gesicht mit wasserfestem Edding zu bemalen, damit haben sie auch schon ihren Kumpel verziert, der seit gestern Abend betrunken vor dem Zelt liegt. Rashid findet, dass sie ihm auch gerne »Ficken« auf die Stirn schreiben können, aber ich lehne schnell ab, weil es keinen guten Eindruck machen würde, ihn damit zu Hause abzuliefern.

Rashid ist beleidigt und fängt an, seinen Helm gegen die Kopfstütze zu knallen.

»Geil. Der kann headbangen«, sagt einer der Jungs aus Herne und alle machen ein Viertelstündchen mit, aber gegen einen Spastiker haben sie natürlich keine Chance.

Die Schlosser sind begeistert von seiner Ausdauer, bewundern ausgiebig Rashids Halsmuskel und wollen wissen, wie er den trainiert hat, aber Rashid lacht sich bloß kaputt und bangt weiter, bis die Jungs ihm vor Ehrfurcht ein altes T-Shirt von Kreator schenken. Rashid will dann aber doch lieber sein Hawaiihemd anziehen. »Das ist keine gute Idee«, sagt Sarah und erklärt, dass wir gleich ins Black-Metal-Zelt gehen. Rashid nickt begeistert, will aber trotzdem sein Hawaiihemd anziehen.

Die Schlosser erklären Rashid ebenfalls wortreich, wie diese Black-Metal-Typen so drauf sind, und übertreiben dabei maßlos. Rashids Vorfreude steigt merklich, außerdem ist er jetzt *ganz* sicher, dass er sein Hawaiihemd anziehen will. Dann malen die Schlosser mit ihrem Edding noch ein Eisernes Kreuz vorne auf seinen Sturzhelm und wir brechen auf.

Auf dem Weg zu den Bühnen hält uns eine Gruppe niederländischer Rocker an. Sie wollen sich mit Rashid fotografieren lassen und ihr Chef fragt höflich, was das kosten würde. Eine schwierige Situation, die Rocker haben Rashid offensichtlich mit einem dieser Äffchen am Strand verwechselt, aber wie klärt man so ein Missverständnis möglichst schonend auf? Mit Rollstuhlfahrern im Schlepptau ist man nämlich weder besonders wehrhaft noch besonders schnell, und das ist so ein bisschen die Achillesferse des Projekts »Therapeutisches Rocken«.

Rashid allerdings will sehr gerne mit Rockern fotografiert werden, kräht zustimmend und ist bald von den tätowierten Fleischgebirgen überwölbt. Sie heben ihn samt Rollstuhl hoch, prosten mit Bierdosen und Trinkhörnern in die Kamera, und erst als der Chef sein Foto macht, fällt uns auf, dass sie auch alle Helme mit Eisernen Kreuzen anhaben. So etwas verbindet natürlich.

Gott sei Dank haben die Rocker aber bereits ein Maskottchen, und zwar einen verwesten Embryo mit roten Augen und Stahlhelm, den sie als Stickerei hinten auf ihrer Kutte tragen, deswegen dürfen wir Rashid nach dem Foto wiederhaben, und ein Sixpack Amstel gibt es noch dazu.

»Wir finden das gut, was ihr macht«, sagt der Chef noch zum Abschied und klopft Rashid auf den Helm. Sarah sagt: »Wir finden auch gut, was ihr macht«, obwohl sie nicht aussieht, als ob sie da ganz sicher ist.

Mittlerweile ist es halb zwei und wir stehen vor dem Zelt, in dem seit einer halben Stunde Dimmu Borgir spielen sollte. Mit uns stehen einige Tausend Freunde des Black Metal auf dem schattenlosen Platz und warten. Im strahlenden Sonnenschein sehen die schwarzgekleideten Gestalten allerdings ziemlich deplatziert aus, manche weinen sogar, entweder weil ihnen die zerlaufene Corpse Paint in den Augen brennt oder weil sie von einem Behinderten im Hawaiihemd ausgelacht werden.

Rashid kriegt sich gar nicht mehr ein, und immer, wenn ein besonders furchteinflößender Geselle in sein Blickfeld tritt, kiekst er begeistert und lautstark los, so dass wir bald auf sehr ungute Weise die Hauptattraktion des Festivals darstellen, obwohl Dimmu Borgir drinnen längst angefangen hat. Immer dichter werden die Reihen um uns herum, immer drohender die Blicke, nur Rashid mag den Ernst der Lage nicht erkennen und gackert unbekümmert weiter.

Und obwohl wir uns bedroht fühlen wie eine norwegische Holzkirche in der Walpurgisnacht, versuchen wir dennoch, die schwarzen Massen einzuschüchtern. »Vorsicht, wir sind Sozialpädagogen«, behauptet Sarah, das ist zwar glatt gelogen, schindet aber natürlich mächtig Eindruck.

»Ach«, spricht da etwa ein finsterer Höhlentroll mit hessischem Zungenschlag, »das will ich auch studieren«, und ruft zur Bildung eines Arbeitskreises »Satanistische Behindertenarbeit« auf.

Leider wird er von den zivilisatorisch weniger versierten Vertretern seiner Zunft alsbald mundtot gemacht, so dass unser Projekt »Therapeutisches Rocken« in eine weitere kritische Phase eintritt, bis es von den bereits erwähnten niederländischen Rockern heldenkühn gerettet wird.

Mit ihren fantastischen Bierbäuchen wuppen sie gewandt eine

Schneise in die großteils ausgemergelte Meute der Freunde des Black Metal und konstatieren anschließend resolut, dass woandershin gegangen werden muss.

Das Woandershin sollte sich als ein für alle Beteiligten recht legendärer Auftritt der Herren von »Monster Magnet« erweisen, in dessen Verlauf Rashid die Frage des niederländischen Rockerchefs, ob er gerne mal stagediven wolle, höchst unbedacht bejahen, seinen entsetzten Betreuern daraufhin widerrechtlich entwendet werden und von den Holländern einer Fuhre Mist gleich vom Bühnenrand über den Köpfen des durchaus nicht gut beleumundeten Publikums ausgeschüttet werden sollte, aber über diese Episode haben Sarah und ich strengstes Stillschweigen vereinbart, sie könnte uns die Approbation als Hilfspfleger kosten.

Rashid erzählt natürlich jedem, dass er bei Monster Magnet stagediven war, aber weil er vorher meist die Sache mit dem Harem erzählt, glaubt ihm keiner.

17

»Was will der hier?«, ruft Musa und schaut Tante Matthes böse an. Das kann er gut, weil er nur eine Augenbraue hat, die wie ein schwarzer Pelzbesatz auf seinen Stirnwülsten klebt und über der Nasenwurzel zusammengewachsen ist.

»Das ist mein Geschäftspartner«, antworte ich, aber das besänftigt Musa auch nicht gerade.

Im Gegenteil. Er regt sich erst recht auf, weil Tante Matthes ihm auch noch gönnerhaft seine Visitenkarte überreicht. »Art Consultant« hat er mit Kuli draufgeschrieben.

Ich finde das auch etwas übertrieben, aber Tante Matthes hat darauf bestanden. »Das hat Flair«, findet er.

Musa fuchtelt mit der linken Hand in der Luft herum und sucht nach Worten.

»Er ist ein ...«

»Spinner«, ergänze ich. Matthes nickt zustimmend, aber Musa ist noch nicht zufrieden.

»Nein, er ist ein ...«

»Vollspacken«, versucht sich Matthes in verbaler Selbsterkenntnis, aber Musa ist das Wort leider nicht geläufig.

»Wie heißt das, wenn sich einer immer ausziehen muss?« will Musa wissen.

»Aktmodell.«

»Nein, nicht so. Wegen Sex.«

»Ist das nicht allgemein üblich?«, fragt Matthes, und Musa stöhnt auf.

Musa spricht eigentlich fließend Deutsch, bloß wenn er sich aufregt, verlässt es ihn manchmal. Deswegen lässt er eine Tirade arabischer Zunge wider Matthes los, die vermutlich erläutert, was von Aktmodellen zu halten ist, die in seinen Kursen mit einer Erektion herumwedeln.

»Klingt toll«, befindet Matthes, als die letzten Rachen- und Zischlaute verklungen sind. »Was bedeutet es?«

»Perverser«, strahlt Musa glücklich. Endlich ist es ihm eingefallen, aber auf Arabisch hat es besser geklungen und fünf Minuten länger gedauert.

»Dann wäre das ja geklärt«, sagt Matthes, den diese Einschätzung wenig beeindruckt. Er hört sie nicht zum ersten Mal.

»Wir haben zu arbeiten, meine Herren«, spricht der Perverse und hat Recht. Die Bilder sind noch nicht fertig gehängt, unserem Künstler ist schlecht, der Ablauf der Vernissage muss durchgesprochen werden, und Horstis Lebenslauf, den Matthes an alle Besucher verteilen will, ist von vorne bis hinten gelogen. Ich nehme eins der kopierten Blätter vom Stapel und lese vor:

»Käpt'n Horsti Seelbrecht wurde vor 200 Jahren als Sohn von seinen Eltern sowie Hulk Hogan, Rex Gildo und Kapitän Iglu geboren.«

»Er konnte sich nicht entscheiden«, verteidigt sich Matthes, »da haben wir alle reingenommen, die er gut fand.«

»Seine Eltern waren nett. Er ist nicht geistig behindert«, lese ich weiter. »Er hat seine Eltern nie kennengelernt, weil er im Heim aufgewachsen ist, und er *ist* geistig behindert.«

»Da war nichts zu machen«, wendet Matthes ein, der den Text nach Horstis Angaben verfasst hat. »Darauf hat er bestanden.«

Das kann ich mir vorstellen. Horsti bildet sich nämlich erfolgreich ein, völlig normal zu sein, und er kann stundenlang von seinen Eltern erzählen. Nichts davon stimmt und das meiste hat er auch noch aus Vorabendserien geklaut. Meist ist er in einem Forsthaus oder in der Schwarzwaldklinik aufgewachsen.

»Als Kind war er Arzt«, lese ich denn auch weiter, »und hat im Schwarzwald gewohnt. Das Haus war aus Holz, hatte einen Balkon und alle waren glücklich und reich.«

»Das kann man nicht streichen«, sagt Matthes entschieden, bevor ich etwas einwenden kann. Er hat Recht. Denn was sollte man da auch hinschreiben? Ich weiß nicht viel über Horstis Kindheit und Lebenslauf, aber das wenige, was ich weiß, spielt in trostlosen öffentlichen Verwahranstalten der mittleren 70er Jahre, später dann in Obdachlosenheimen und Psychiatrien. Irgendwann hat sich Horsti als fabulöse Kunstfigur neu erfunden. Der Käpt'n Horsti, den ich kenne, weiß alles, kann alles und ist glücklich. Wenn er sich freut, dann tanzt er. Alle Geschöpfe sind seine Freunde und die Welt ist ihm freundlich zugeneigt. Und solange er Käpt'n Horsti sein darf, stimmt das ja auch.

Wenn er nicht Käpt'n Horsti sein kann, weil die Realität ausnahmsweise nicht mitspielen will, droht er schon mal damit, sich umzubringen. Glücklicherweise glaubt er, dass man dafür zwingend einen Abschiedsbrief schreiben muss, und weil Horsti nicht schreiben kann, muss ihm immer jemand dabei helfen. Meist mache ich das. Ich könne gut mit Horsti, sagt die Leiterin, aber das stimmt nicht ganz. Ich bin bloß der Einzige, der ihn nicht sofort von der Selbstmordidee abzubringen versucht, und merkwürdigerweise hilft das am besten.

Wir reden dann immer ein bisschen über mögliche Arten des Selbstmords und über die Dinge, die nach dem Ableben von Käpt'n Horsti ohne seine Aufsicht und Hilfe vonstattengehen müssten, wie zum Beispiel das Flippers-Konzert im nächsten März. Flippers-Konzerte sind für Horsti Pflicht, er steht dabei immer in der ersten Reihe und singt jede Zeile sehr laut mit. Falls die mal ihren Text vergessen, sagt er, da muss doch jemand aufpassen.

»Ach Quatsch«, sage ich dann, »das kriegen die alleine hin.« Das ist meist der Zeitpunkt, an dem Horsti wütend aufspringt und anfängt, mir alle Lieder von den Flippers vorzusingen, die er kennt, bis er keine Puste mehr hat. Dann setzt er sich schnaufend hin und guckt mich triumphierend an, weil er es mir wieder sowas von gezeigt hat.

Manchmal reicht es aber auch, bloß das Promenadenfest zu erwähnen

»Da geht dir natürlich ’ne Menge Geld durch die Lappen«, sage ich. Beim Promenadenfest sammelt Horsti immer das Pfandglas ein und dann gehen wir es zusammen wegbringen, weil sie ihn beim Getränkemarkt sonst bescheißen würden.

Ich rechne ihm vor, wie viel Geld ihm bei normaler Lebenszeit und einem Promenadenfest pro Jahr noch zustünde, und Horsti ist jedes Mal ehrlich empört. Das sei doch sein Geld, findet er, das könne man ihm doch nicht vorenthalten, bloß weil er sich zwischendurch mal umbringt – und deswegen tut er es dann auch nicht. Den Abschiedsbrief schreiben wir aber trotzdem immer zu Ende.

Ich habe mittlerweile eine kleine Sammlung. Mein Lieblingsbrief lautet: »Ich will sterben, weil es am Mittwoch kein Gulasch gab.« Ich habe aber auch einen, in dem steht: »Ich will sterben, weil mein Gehirn nicht funktioniert.« An diesem Tag hatte Horsti das Flippers-Repertoire zweimal singen müssen, bis es wieder ging.

»O. k. Er ist Käpt’n Horsti«, sage ich.

»Natürlich ist er das.«, grinst Matthes. »Wer denn sonst?«

Ich lese weiter.

»Käpt’n Horsti singt gern Schlager und fährt mit dem Mofa durch die Nacht.« Das stimmt zwar endlich, aber das mit dem Mofa müssen wir schon wieder streichen, weil Horsti keinen Führerschein hat. Und je weniger Leute wissen, dass er sich von dem alten Knacker am Büdchen immer wieder das Mofa leiht, desto besser.

Als ich nach einer weniger kriminalisierenden Formulierung suche, fällt mir das Foto neben der Biografie auf, unter dem »Horst Seelbrecht« steht.

»Das ist David Hasselhoff«, sage ich, aber Matthes zuckt mit den Schultern.

»Ich bin nur der Agent, in die Kunst mische ich mich nicht ein«, sagt er. »Das entscheidet mein Klient autonom.«

»Es ist *unser* Klient«, sage ich, schließlich haben wir die Agentur zusammen gegründet, aber bloß, weil wir sonst die 500 Mark nicht bekommen hätten.

Die Frau vom Kulturamt hat gemeint, es reicht nicht, wenn ich den Förderungsbedarf für Horstis Ausstellung bloß unter meinem Namen anmelde, da müsse schon eine Institution hinter stehen. Da haben wir eben eine gegründet.

Unsere Agentur heißt »retart« – mit t hinten, weil es ein Wortspiel ist – und promotet Künstler mit geistiger Behinderung. Der Name ist natürlich ganz schön provokant, aber Matthes hat gemeint, dass man ohne Provokation im Kunstbetrieb heute gar nicht gehört würde, und Musa hat ihm zugestimmt. »Alles Arschlöcher, der Kunstbetrieb«, hat er gemeint, und Musa muss es ja wissen, so schlecht, wie sich seine Bilder verkaufen.

Noch ist Käpt'n Horsti der einzige Künstler, den wir vertreten, aber das wird schon noch, die malen eigentlich alle ganz gern. Bis jetzt läuft es super, wir haben schon 500 Mark verdient, ohne was dafür tun zu müssen. Das ist mir das letzte Mal bei meiner Konfirmation gelungen.

Allerdings ist das Geld quasi schon wieder weg. Aber so ist das als Geschäftsmann, man muss Geld ausgeben, um welches zu verdienen. 100 Mark bekommt Musa, weil er uns die Ausstellung in seinem Atelier machen lässt, für 100 Mark haben wir beim Aldi Dosenbier und Sekt gekauft, weil es eine schöne Vernissage werden soll, für weitere 150 Mark haben wir Horsti einen Anzug gekauft, weil er sonst nicht mitmachen wollte, und für das restliche Geld haben wir eine Band engagiert. Sie besteht aus Tante Matthes und mir und heißt auch »retart«. Das ist nämlich das Gute, wir mussten nicht mal neue Visitenkarten für die Agentur drucken lassen. Wir haben noch tierisch viele von unserer alten Band, die hat nämlich nie jemand fördern wollen.

Der Klient lässt derweil Kotzgeräusche aus Musas Klo hören. Horsti hat vorhin am Büdchen dreimal große Pommes mit extra Mayo und zwei Schaschlik gegessen, die Tante Matthes von meinem Geld bezahlt hat, weil das Geschäftsvermögen ja schon aufgebraucht war. »Spesen«, sagt Matthes. »Du hast vergessen, Spesen einzuberechnen«, und klärt mich nochmal über die Arbeitsteilung auf:

»Das Kaufmännische ist eher nicht so mein Ding. Ich mach lieber das Persönliche. Ich sorge dafür, dass es unserem Künstler gutgeht.«

»Der Künstler kotzt«, erwähne ich, aber das hätte man auch so gehört. »Weil ihn jemand zu viel hat fressen lassen.«

»Es hat ihm aber geschmeckt«, verteidigt sich Matthes. »Außerdem entscheidet mein Klient autonom, was er isst.«

»Aber nicht am Büdchen vom alten Knacker, da ist eine große Pommes mit extra Mayo das Äußerste, was man überhaupt aushalten kann.«

»Weil das Fett in der Fritteuse genauso alt ist wie er selber«, mischt sich Musa ein, der ist auch häufiger da, trinkt aber klugerweise bloß Schnaps dort. »Ich habe übrigens in der Zwischenzeit eure Bilder aufgehängt.«

Er macht das Licht aus und stöpselt einen Stecker in die Steckdose.

»Geil«, sagt Matthes. Musa hat Horstis Gemälde, die meist auf Sperrholzplatten oder zerfledderten Pappkartons aufgetragen sind, nicht bloß aufgehängt, sondern regelrecht arrangiert.

Hinter den Gemälden hängen große Bahnen schwarzen Stoffes von der Decke und an den oberen Rändern der Bilder klemmen kleine Spots, die er mit mattweißer Folie abgedeckt hat, weil das den Farben besser bekommt. Das erklärt er uns gerade, als Horsti vom Klo kommt.

»Ich hab auf mein Hemd gekotzt«, sagt Horsti, aber dann fallen ihm seine Bilder auf.

In Zeitlupe bewegt er sich durch den Raum, bleibt vor jedem Bild stehen, nickt ernst und geht dann zum nächsten. Als er die Parade abgenommen hat, schreitet er mit der allergrößten Selbstverständlichkeit zu dem Sessel, der an der Schmalseite des Raumes auf dem Podest für die Modelle steht. Wir hatten ihn da bloß hingeräumt, weil er sonst überall im Weg stand, aber als Horsti sich hineingewuchtet hat, merken wir, dass dies sein Platz für heute Abend sein muss, denn er füllt ihn mit überwältigender Grandezza.

Horsti sitzt breitbeinig, aber kerzengerade in seinem neuen schwarzen Nadelstreifenanzug da, und weil er sein Hemd ausgezogen hat, leuchtet sein weißer, behaarter Bauch aus dem Jackett und lappt spielerisch über den Hosenbund. Sein Kopf ruht wohlgefällig in einer Fettschürze, die sich ob Horstis Vorliebe für »extra Mayo« um seinen Hals geschlungen hat, das Haar trägt Käpt'n Horsti heute seitlich gescheitelt und sorgfältig über seine kahle Stelle gekämmt, es kräuselt sich dunkel bis auf seine Schultern.

»Ubu Roi«, ruft Matthes, und wir drei verneigen uns vor unserem Monarchen. Der lächelt huldvoll zurück, als hätte er nie etwas anderes gemacht.

Ich entzünde einige Grablichter und stelle sie im Halbkreis um Horstis Thron auf, während Horsti gelassen wie eine heidnische Gottheit wartet, dass die Orgien zu seinen Ehren endlich beginnen; und nichts anderes haben wir, ehrlich gesagt, vor.

»Das können wir so lassen«, sagt Musa, als wir uns an der Tür noch einmal umdrehen und den Anblick genießen. Wir beiden anderen nicken und dann öffnet die weltweit erste Käpt'n-Horsti-Ausstellung ihre Pforten.

18

Eine gute Stunde später hocken Tante Matthes und ich stolz wie zwei frisch geadelte Hofschranzen zu Käpt'n Horstis Füßen und bestaunen das Publikum, das sich durchs Atelier schiebt.

Unsere abgefeimte Strategie hat sich bezahlt gemacht. Wir haben schlicht alle klugen Mädchen angerufen, die uns eingefallen sind, und die haben eine perfekte Öffentlichkeitsarbeit hingelegt. Die klugen Mädchen sind ernsthafte und rehäugige Geschöpfe, die sich auf Partys über Christa Wolf unterhalten wollen. Viel lieber wäre es ihnen allerdings, wenn sie sich auf Partys *mit* Christa Wolf unterhalten könnten, und das lassen sie einen gelegentlich auch spüren. Außerdem spielen sie Geige in einer Noisecore-Band. Manchmal auch Cello.

Beruflich wollen sie unbedingt irgendwas mit Kultur oder Journalismus machen. Einige von ihnen werden später doch noch das empfohlene Medizinstudium aufnehmen, aber noch sind sie Praktikantinnen bei lokalen Medien und träumen vom ganz großen Feuilleton.

Wir haben den klugen Mädchen unseren Pressetext geschickt und sie haben alle Albernheiten herausgestrichen, damit die Veranstaltung wenigstens halbwegs nach einem seriösen Kulturevent klingt. Außerdem haben sie irgendwo ein echtes Foto von Horsti aufgetrieben.

Sogar im Lokalradio wurde eine Kurzmeldung verlesen, die man allerdings nicht gut verstehen konnte, weil Phil Collins ständig dazwischengeplärrt hat, aber Musas Atelier platzt trotzdem aus allen Nähten. Die Agentur »retart« hat ihre erste Bewährungsprobe bestanden.

Auch die WG ist vollzählig angetreten, wenn man von Günther mal absieht. Der schaut sich Horstis Bilder lieber zu Hause an und allerhöchstens eins pro Woche, dies aber dann bis zu drei Stunden lang.

Milvas Eltern sind selbstverständlich mit von der Partie. Ihr Vater hat vor dem Atelier einen Grill aufgebaut, verteilt Selbstgewurstetes und doziert über ökologischen Landbau. Gisela hat Musa in Beschlag genommen und versucht ihn zu einer gemeinsamen Ausstellung zu überreden.

Horsti sitzt auf seinem Thron und winkt huldvoll in die Menge, während Milva hinter unserem Getränkestand steht und Leute maßregelt. Wer drängelt, kann sich ganz schnell wieder hinten anstellen, sagt sie. Kunden, die ein zweites oder gar drittes Bier zu erwerben trachten, werden misstrauisch beäugt und auf Anzeichen von Trunkenheit untersucht. Nicht jeder besteht diesen Test, dessen Kriterien zudem höchst verschwommen bleiben.

Unsere Chefin kommt auf mich zu und fragt, ob sie irgend etwas zur Eröffnung sagen müsse. Muss sie nicht, sage ich. Sie ist erleichtert und versucht, noch einen Sekt zu ordern, aber Milva befindet, dass sie genug getrunken habe, sodass unsere Chefin ihren Mann schicken muss. Der fällt aus irgendwelchen Gründen nämlich nicht in Milvas Zuständigkeitsbereich.

Sogar meine Eltern sind gekommen.

»Du hättest uns auch ruhig persönlich einladen können«, sagt meine Mutter, dabei wollte ich gar nicht, dass sie kommen. Aber jetzt, wo sie schon einmal hier sind, freue ich mich.

»Wir haben aus der Tagespresse von eurer Ausstellung erfahren«, erklärt meine Mutter offiziös, aber traurig.

»Ich hatte so viel um die Ohren«, entschuldige ich mich, und das stimmt ausnahmsweise sogar.

Sarah lässt sich derweil von Musas Aktzeichengruppe über meine Karriere als Modell und deren Fortschritte bei der Darstellung unterrichten. Zeichnungen werden herumgereicht und kommentiert. Meine Mutter schließt sich den Diskutierenden an, schert aber bald mit hochrotem Kopf wieder aus.

»Ich hatte ja keine Ahnung …«, sagt sie.

Ich zucke mit den Schultern. Matthes grinst.

»… dass ich so einen schönen Sohn habe.«

»Ja, danke. Das ist lieb.« Mutter und ich schauen unbeholfen, Matthes und Sarah befeixen mich einträchtigst, Muttern und ich wechseln flink das Thema.

»Das hast du alles mir zu verdanken«, behauptet Tante Matthes später und verlangt eine prompte Würdigung seiner Person. Soll er haben und deswegen tätschele ich liebevoll sein Haupt.

Schließlich klopfen wir gemeinsam an ein Glas, was aber nicht gehört wird, und so dreschen Matthes und ich zusammen auf die Snaredrum ein und brüllen unser »Willkommen« in die erschreckte Stille.

Wir begrüßen unseren Künstler, unsere Gäste, danken brav dem Kulturamt und geben das Wort an Musa weiter. Der nämlich hatte eine Rede angekündigt, darauf hat er bestanden.

»Meine Damen und Herren«, beginnt er, »Horst Seelbrecht ist zweifelsohne ein Idiot.«

Empörtes Raunen geht durch das Publikum, meine Chefin und meine Mutter schauen mich vorwurfsvoll an, nur der so Benannte lächelt und winkt unbeirrt weiter, wie um das Gesagte zu belegen.

»Jeder Künstler ist ein Idiot, man kann kein Künstler sein, ohne ein Idiot zu sein. Das ist der Preis, den man dafür zu zahlen hat. Den Griechen haben wir die Unterscheidung zwischen *polites*, den Personen der Öffentlichkeit und des Staates, und den *idiotes*, den Privatpersonen, zu verdanken. Der Künstler ist ein zutiefst privater Mensch.«

Musa lässt ungern Gelegenheiten verstreichen, mit klassischer Bildung herumzuwerfen, außerdem hantiert er gerne mit großen Begriffen. Er versteigt sich zu einer Deutung von *praxis* und *poiesis*, mit der Aristoteles vermutlich kreuzunglücklich gewesen wäre.

»Horst Seelbrecht, als Idiot reinsten Wassers«, beendet Musa seine Rede, »hat gar keine andere Möglichkeit, als poetisch zu handeln. Und darum beneide ich ihn.«

Und dann erhebt er sein Glas auf das Wohl des Künstlers und Horsti muss vor Rührung heulen.

»Ich bin tief beeindruckt«, höre ich eine bekannte Stimme hinter mir.

Sie sieht gut aus. Die Haare trägt sie jetzt kurz und dunkel gefärbt, ihr Gesicht wirkt dadurch herber als früher. Und obwohl ich sie fast mein halbes Leben kenne, steht eine mir vollkommen fremde, erwachsene Frau vor mir. Ich habe sie seit einem Jahr nicht mehr gesehen.

»Rieke.«

Wir stehen zögernd umeinander herum. Schließlich umarmen wir uns ebenso zögerlich.

»Was machst du hier?«

»Wieso, störe ich?«

»Ach was, ich freu mich.«

Ich schaue zu Sarah hinüber. Es wäre eine gute Gelegenheit, die beiden einander vorzustellen, aber ich tue es nicht. Stattdessen unterhalten wir uns über Riekes Studium, sie hat jüngst auf Ethnologie und Altamerikanistik umgesattelt.

»Wow!« sage ich.

Ich solle nicht zu beeindruckt tun, sagt sie, ihre Studienfächer änderten sich alle paar Monate.

»Im Moment denke ich schon wieder über Architektur nach.«

»Du siehst auch eher nach Architektur als nach Ethnologie aus.«

Rieke trägt ein schwarzes Etuikleid zu Kurzhaarschnitt und kajalumrandeten Augen.

Ihr Nasenring dagegen ist verschwunden, der hätte aber auch nicht zu diesem Sixties-Retro-Outfit gepasst. Rieke sieht aus wie aus einem Blue-Note-Cover gesprungen.

Hamburg steht ihr gut. Ich schaue in ihr Gesicht, sie ist mir wirklich fremd geworden und das macht mich glücklich.

Der Abend wogt hin und her, ich werde allenthalben am Ärmel gezupft und schulterbeklopft.

Matthes betrinkt sich rechtschaffen, dann setzt er sich ans Schlagzeug. Ich schnalle mir die gefürchtete viersaitige elektrische Ölkanistergitarre um, die Bernd mir zur Volljährigkeit gebastelt hat, drehe meinen Verstärker auf, stecke mir ein Stück Kupferrohr über den Finger und lasse abwechselnd Tonika, Dominante und Subdominante aufheulen.

Mehr braucht es nicht. »retart« sind wieder da. Allerdings haben wir neuerdings einen Sänger, denn Horsti improvisiert gekonnt über einige Motive volkstümlichen Liedguts, lässt hier ein »Hossa«, dort ein »Chiquitita« oder einen Jodler aufblitzen, während »retart« ruppigsten Garagensound herunterschrubbt.

»Herzilein, du sollst nicht Raubfisch sein«, schmachtet Horsti gerade, mit der rechten Faust innigst seine Brust beklopfend, das Gesicht zu einer Grimasse schmerzhafter Verzückung verzogen.

Mühelos wandelt er das banale Sauflied zu einer epischen Anglerballade um, die feinsinnig vom ewigen Mit- und Gegeneinander der Raub- und Friedfische erzählt.

Irgendwann hat Matthes den letzten Roll gespielt, der Ölkanister brüllt seinen letzten Akkord. Horsti reckt die Arme hoch, lässt den Kopf zurücksinken und badet im Applaus.

Die Künstleragentur »retart« bedankt sich bei der Band »retart«, bei Käpt'n Horsti und der Welt.

Wohlgefällig lassen wir unsere Blicke über Horstis Bilder schweifen, an deren Mehrzahl ein rotes Bapperl klebt. Sie sind verkauft. Und weil das Bier auch zur Neige geht, werden die hartgesotteneren Gäste woanders weiterfeiern. Der Abend ist zu Ende.

Sarah muss los, Rashid nach Hause bringen. Sie bietet an, Horsti mitzunehmen, und der fährt mit, ohne sich zu verabschieden.

Matthes murmelt irgendwas von »morgen aufräumen« und verabschiedet sich ebensowenig wie Horsti.

Musa wirft mir den Schlüssel zu und verlässt mit einer seiner Klientinnen im Arm das Atelier.

»Und Pan war wieder allein«, seufze ich, das ist so ein geflügeltes Wort in unserer Familie. Es stammt von Kästner, bezieht sich aber auf eine verwüstete Welt und nicht auf ein Atelier, das den Abend ohne größere Schäden überlebt hat. Dabei hatte ich eigens eine Haftpflicht abgeschlossen.

Aber ich irre mich ohnehin, denn ich bin nicht allein.

»Ich glaube, ich habe meinen Schlüssel hier verloren.«

Rieke.

»Ich habe keine Taschen an diesem Scheißkleid und da hab ich ihn irgendwo hingelegt.«

Der Schlüssel ist schnell gefunden, und wenn ich jetzt an diesen Abend zurückdenke, muss ich sagen: erstaunlich schnell. Aber das kann auch Zufall gewesen sein oder Rieke war wieder eingefallen, wo sie ihn hingelegt hatte.

Sie schlenzt sich auf einen der Biertische, die ich noch nicht abgebaut habe, und schlägt die Beine übereinander. Für einen kurzen Moment sehe ich das Dreieck ihres Slips.

Noch vor einem Jahr hätte ich alles für einen solchen Moment gegeben. Ich wäre dackeläugig um sie herumscharwenzelt, Rieke hätte belustigt bis mitleidig zugesehen und zu Hause hätte ich mir dann nächtelang Eichel und Selbstbewusstsein wundgerubbelt.

Wir unterhalten uns über die Ausstellung und was mich dahin gebracht hat.

»Der Job tut dir gut«, sagt Rieke. »Du wirkst weniger bescheuert als früher.«

Wir versichern uns gegenseitig, im vergangenen Jahr erwachsen, klug und weise geworden zu sein. Sie schaut mir beim Kehren zu.

»Vielleicht sollte ich auch was Reelles machen, so wie du.«

»Straßenfeger?«

»Nein, Schreiner.«

»Echt?«

»Nein. Ich hab zwei linke Hände.«

»Dabei wolltest du doch groß in der israelischen Landwirtschaft rauskommen.«

»Oh, Gott. Erinnere mich bloß nicht daran. Keine Ahnung, was ich mir dabei gedacht habe.«

Ich weiß noch genau, was ich mir dabei gedacht habe, aber das erwähne ich lieber nicht.

Aber Rieke tut es.

Und dann reden wir von diesen Zeiten, von Steffen, der nach Mainz gegangen ist, von der Brücke und von unserem Abi. Die Erinnerung holpert in ihrem alten Projektor, die Tonspur ist verrauscht, die Farben ausgeblichen, und obwohl das Ganze nur ein knappes Jahr her ist, wirkt unsere Geschichte jetzt, da wir sie uns erzählen, unglaublich weit entfernt.

Aber das stimmt nicht, es war ja nicht banal, es war das einzige Leben, das wir gelebt haben, und deswegen mischt sich, da die peinliche Beklemmung schwindet, die Wärme des gemeinsam Durchlittenen in unser Reden, bis schließlich alles gesagt ist und wir still nebeneinander auf dem Biertisch sitzen.

»Ich gehe dann mal«, sagt Rieke.

»Ich muss hier noch aufräumen«, antworte ich.

Rieke bietet ihre Hilfe an.

»Ich dachte, du hast zwei linke Hände.«

»Dafür wird es wohl gerade noch reichen.«

»Du hast ein Etuikleid an.«

»Seit wann weißt du, was ein Etuikleid ist?«

»Ich bin ein Mann von Welt, ein Geistes- und Kulturmensch.«

»Natürlich bist du das.«

Der Rest ergibt sich.

Ineinander verhakt torkeln wir durch das leere Atelier, sie zieht an meinem Gürtel, ich öffne das Etui, spüre ihre Hand an meinem Schwanz und versenke meine zwischen ihren Beinen, hebe sie auf das Sofa, sie schlingt ihre Beine um mich, krallt sich an mir fest und das Tier mit den zwei Rücken bricht aus seinem Käfig oder wo sonst es auch immer gesteckt haben mag.

Als wir voneinander ablassen, habe ich einen Splitter vom Dielenboden im Knie, Rieke eine Beule am Hinterkopf und dem Sofa fehlt ein Fuß. Was zum Teufel war das?

»Was zum Teufel war das?«, frage ich also. Ich weiß es nämlich wirklich nicht.

»Überfällig und einmalig.«

»Echt?«

»Einmalig im Sinne von: ein einziges Mal.«

»Ach so.«

»Ich habe einen Freund«, sagt Rieke.

»Ich habe eine Freundin, glaube ich«, glaube ich.

»Das glaube ich allerdings nicht«, tönt eine zerdrückte Stimme von der Tür.

Sarah.

19 Ich würde gern mit jemandem reden, aber Matthes ist eher nicht so der Typ, der gerne redet. Heute schon gar nicht. Er rennt lieber halbnackt um den Wohnzimmertisch, weil Priscilla wieder aufgetaucht ist.

Sie stand gestern Abend vor der Tür und hat ihm als Gastgeschenk ein Supermankostüm mitgebracht. Seitdem haben sich die beiden in Matthes' Zimmer verschanzt und spielen Wonderwoman und Superman. Alle halbe Stunde knallt die Tür auf und einer der beiden rennt mit wehendem Umhang um den Tisch, an dem ich sitze, um dann wieder kreischend im Zimmer zu verschwinden.

»Sarah hat Schluss gemacht«, rufe ich Matthes zu.

»Ich kann fliegen«, brüllt er enthusiasmiert zurück und knallt die Tür hinter sich zu.

Ich erwäge mittlerweile ernsthaft, Oma Wittrich mein Herz auszuschütten, also muss ich wirklich verzweifelt sein. Um deren Aufmerksamkeit zu erregen, müsste ich den Sachverhalt nämlich in Scrabblebuchstaben aufs Brett legen.

Außerdem hat sie sich seit gestern nicht mehr gemeldet und das macht sie sonst nie.

Aber wenn etwas passiert wäre, hätte man das sicher gerochen. Bernd hatte als Kind mal einen Hamster, der hinter die Holzverkleidung in seinem Zimmer gekrochen war, weil er gegen Bernds ständige Tierversuche protestieren wollte. Der hat sehr schnell sehr fies gestunken.

Ich gehe hinunter, rieche jedoch nichts Verdächtiges, klopfe an die Küchentür, bekomme keine Antwort, klopfe zur Sicherheit noch einmal und ernte diesmal ein leises Schnaufen.

»Ich komme jetzt rein«, rufe ich und drücke die Klinke herunter, aber die Tür ist blockiert.

»Alles in Ordnung?«

Ich drücke die Tür mit der Schulter auf und entdecke, dass jemand den Kokosläufer unter die Tür gepresst hatte. Oma Wittrich sitzt mit glasigen Augen am Küchentisch, vor sich eine Batterie halbleerer Eierlikör- und Cognacflaschen. Es ist furchtbar heiß in der Küche, die Fenster sind verschlossen und die Ritzen mit Klopapier verstopft. Der Herd ist angeschaltet, alle vier Platten glühen und die Backofenklappe steht weit offen.

»Was um alles in der Welt tun Sie da?«

»Ich bringe mich um«, sagt Oma Wittrich und zeigt auf den Herd.

»Das ist ein Elektroherd.«

»Ich weiß, dass das ein Elektroherd ist.«

»Damit können Sie sich nicht umbringen. Jedenfalls nicht so.«

»Nein?«

»Ziemlich sicher. Sie können natürlich danebensitzen und sich zu Tode saufen, aber dazu brauchen Sie den Herd ja nicht anzumachen. Machen Sie doch lieber das Fenster dabei auf, ist doch schönes Wetter heute.«

»Ich saufe nicht.«

»Doch. Tun Sie.«

»Ich trinke lediglich aus geselligen Gründen.«

»Ja. Das sehe ich.«

»Lenk nicht ab, Grünschnabel. Zurück zum Herd. Minchen Brinkhelm ist auch so aus dem Leben geschieden, das war im März siebenundsiebzig. Sie hat sogar das Haus zum Explodieren gebracht und das hätte ihr niemand zugetraut, sie war doch so eine Ruhige.«

»Vermutlich hatte sie einen Gasherd.«

»Gasherd, Gasherd«, raunzt Oma Wittrich unwillig, »Helmut hat gesagt, dieser Herd kann alles, was der alte auch gekonnt hat.«

»Ich mache mal den Herd aus. Das hier bringt eh nichts.«

»Ich sitze also seit gestern Abend vollkommen sinnlos vor diesem Herd herum?«

Ich nicke. Oma Wittrich schmeißt eine Flasche gegen die Wand, sie hinterlässt dort einen eitrig gelben Fleck.

»Wollten Sie sich wirklich umbringen?«

Sie nickt.

»Ich glaube, Sie wollten vorher gefunden werden. Ich kenne mich da aus.« Und ich glaube, für einen ernst gemeinten Versuch ist das hier alles zu melodramatisch, aber das sage ich natürlich nicht, stattdessen sage ich: »Außerdem sind Sie nicht so senil, wie Sie immer tun.«

»Man ist immer so senil, wie man sich fühlt, Helmut.«

»Ich bin nicht Helmut.«

»Er hatte gestern Geburtstag und ich habe es vergessen«, sagt Oma Wittrich. »Das habe ich noch nie vergessen. Noch nie.«

Ich setze mich und dann reden wir.

Nicht eigentlich miteinander, sondern eher nebeneinanderher, weil wir Lichtjahre voneinander entfernt auf unseren jeweils eigenen Trauerplaneten sitzen. Und dennoch funken wir unbeirrt Signale in die Finsternis, ein leises Knacken ins weiße Rauschen, auch wenn wir beide auf keine Antwort mehr hoffen können: Helmut ist tot und Sarah will mich nie wiedersehen.

Ich fände es einfacher, wenn Sarah auch tot wäre, dann könnte ich trauern und müsste mir nicht andauernd Vorwürfe machen, die vollkommen berechtigt sind. Aber das hätte ich lieber nicht denken sollen, jetzt muss ich mir auch noch vorwerfen, Sarah den Tod gewünscht zu haben.

»Er verschwindet«, sagt Oma Wittrich. »Ich kann mich nicht mehr entsinnen, mit wieviel Monaten Helmut Krabbeln gelernt und ob er lieber Rührei oder Spiegelei gehabt hat.«

Oma Wittrich schaut mich an. Ich zucke mit den Schultern.

»Das ist ja auch lange her«, versuche ich zaghaft, aber Oma Wittrich will nichts hören.

»Ich weiß auch nicht mehr, wie er gerochen hat. Das ist einfach weg. Deswegen habt ihr auch die Wohnung bekommen. Sie riecht einfach nicht mehr nach ihm.«

Sie weint. »Er entgleitet mir und ich kann nichts dagegen tun.«

»Die Indianer haben sich Schwitzhütten gebaut«, sage ich nach einer Weile, weil ich beim besten Willen nichts Klügeres zu antworten weiß. »Und da haben sie sich reingesetzt, um mit ihren toten Vorfahren und Verwandten zu sprechen. Außerdem haben sie die Geister oder so um Rat gefragt.«

»Und das hat geklappt?«

»Bin ich Indianer?«

Oma Wittrich schüttelt den Kopf. »Schade«, sagt sie.

Immerhin habe ich im Wendland mal ein paar Hippies kennengelernt, die mich zu einer Schwitzhütte überredet haben, weil ich mich geistig öffnen sollte. Das sei gut für mich, haben sie gesagt. Außerdem haben sie behauptet, ich sei total gehemmt, und das konnte ich schlecht auf mir sitzenlassen. Natürlich war es furchtbar. Die Hippies hatten nämlich Recht: Ich bin total gehemmt.

Außerdem vertrage ich Gruppendruck und Hitze nicht besonders gut.

Es war sehr heiß in der laubernen Hütte. Alle waren nackt und berichteten reihum von ihren spirituellen Erlebnissen, die sie aus irgendwelchen Büchern auswendig gelernt hatten, während die anderen wissend nickten. Dazu haben sie einen Stock herumgereicht, damit auch jeder was zum Thema sagt. Es war wie Konfirmandenunterricht in einer Sauna. Aber beim Konfirmandenunterricht durfte man wenigstens seine Sachen anbehalten, während man irgendwelche Jesuserlebnisse improvisieren musste.

Ich bin nervös geworden, weil der Stock immer näher gekommen ist, ich aber ums Verrecken nichts Spirituelles feststellen konnte, über das ich hätte berichten können. Stattdessen habe ich Angst bekommen, dass die Hippies mich schlachten und aufessen, wenn sie merken, dass ich keiner von ihnen bin.

Das lag aber an den vorher gemeinschaftlich verzehrten halluzinogenen Pilzen, über deren Existenz und Wirkung man mich im Unklaren gelassen hatte. Sonst wäre es ja kein richtiger Initiationsritus gewesen, erklärten die Hippies später kleinlaut, als die Wirkung nachgelassen hatte und ich mich weitgehend widerstandslos aus dem Kirschbaum klauben ließ, in dessen Krone ich in meiner Kannibalenfurcht geflüchtet war.

»Spiritualität ist nichts für dich«, hatte ich damals nackend im Wipfel des Baumes beschlossen. Seither gehe ich dem Numinosen traulich aus dem Weg und eigne mich deswegen auch nicht groß für die Schamanenrolle.

Aber Oma Wittrich schaut so traurig und etwas anderes fällt mir nicht ein. Vielleicht funktioniert es ja bei ihr. Aber die Klamotten lassen wir an.

»Schwitzhütte haben wir ja schon«, sage ich und lasse einen

Schluck Cognac auf den Platten des Herdes verdampfen, der noch immer tüchtig nachheizt.

»Fehlt nur noch das hier.« Ich prokele ein silbrig glänzendes Stück Kaugummipapier aus meinem Portemonnaie, falte es auf und nehme ein weiteres Papier heraus. Es ist der Trip von unserer Zeugnisverleihung, ich habe ihn nie weggeworfen.

Stattdessen hatte ich mir vorgenommen, mit der Verkostung des LSD auf einen Moment perfekten Glücks zu warten, auf dass die Welt ihre Schalen öffne und mir die Perle in ihrem Inneren offenbare. Aber entweder hat es diesen Moment nie gegeben oder ich habe ihn verpasst. Das ist eine Frage der Anschauung, vermute ich.

Ich schneide das Papier vorsichtig in zwei Hälften und reiche eine davon Oma Wittrich.

»Nehmen Sie das in den Mund, das wird Ihnen guttun.«

Sicher bin ich mir da allerdings nicht, aber Oma Wittrich stellt keine Fragen, und als die Pappe in ihrem Mund verschwunden ist, nehme ich meine Hälfte auch.

»Und jetzt?«, fragt Oma Wittrich.

»Jetzt warten wir«, sage ich.

Und das tun wir.

»Was immer Sie gleich von mir denken mögen«, unterbreche ich noch einmal die Stille, »merken Sie sich: Ich bin kein Kannibale.«

20 rück. Die Küchenuhr tickt aufdringlich der nächsten vollen Stunde entgegen. Sonst passiert nichts.

Vielleicht ist das Zeug schon zu alt, überlege ich, außerdem hatte ich es schon mal im Mund, aber das behalte ich vielleicht lieber für mich. Wir sitzen immer noch in der brütend heißen Küche, der Schweiß rinnt mir den Rücken hinunter, aber irgendetwas hindert mich daran, aufzustehen und das Fenster zu öffnen.

»Ich kann nicht aufstehen«, sage ich zu Oma Wittrich.

»Rheumatismus«, vermutet sie, aber das ist es nicht.

Ich befühle meine Oberschenkel, lasse die Finger bis zum Knie gleiten, es fühlt sich alles sehr fremdartig an. Dies sind nicht meine Beine, es sind Phantombeine. Ich ziehe den linken Socken aus und erhalte umgehend Gewissheit: Das ist keinesfalls mein Fuß.

»Ich habe keine Beine mehr«, unterrichte ich Oma Wittrich, die sich der Betrachtung eines Spitzendeckchens zugewandt hat.

»Mein Mann hatte auch keine Beine mehr, das war nicht schön. Ich habe mich immer so erschreckt, wenn ich aufgewacht bin und die Stümpfe gesehen habe. In meinen Träumen hatte er nämlich immer welche«, sagt sie, mich durch die Maschen des

Deckchens ankniepend, und dann unvermittelt: »Wir haben Drogen genommen, nicht wahr?«

Ich nicke.

»Sie wirken aber nicht.« Oma Wittrich kichert mädchenhaft.

Ich zucke unsicher mit den Schultern.

»Ich kann dies Spitzendeckchen nicht falten«, sagt sie seufzend. »Es will mir nicht gelingen.«

»Vielleicht ist das auch nicht so wichtig«, antworte ich, weil sie mich mit ihrem Deckchengefalte nervös macht. Ich nehme ihr das Deckchen ab und lege es über die Lampe, sofort ist der Raum von einem schwarz geäderten Netz überzogen, das ich nach eingehender Betrachtung als irritierend einstufen muss. Ich nehme das Deckchen wieder ab und lege es vor mich hin. Diesmal erscheint kein Netz. Ich habe das Deckchen überlistet.

Oma Wittrich legt ihren Kopf schräg und schaut wie ein Uhu.

»Du hast Recht«, gluckst sie, »du hast ja so Recht, Goldköpfchen.«

Sie steht auf, schüttelt das Alter aus ihren Gliedern, wirft den Kopf in den Nacken, lässt ein lautes »Schuhu« vernehmen, spreizt ihr Gefieder und fliegt davon.

»Wenn du mich entschuldigen würdest«, höre ich ihre Stimme von irgendwo, »ich habe Besuch.«

Ich wende mich wieder meinen Beinen zu, die inzwischen zu mir zurückgekehrt sind. Sie wollen liebkost werden, und meine Unterschenkel zucken recht lustig unter den Berührungen.

»Ruhig«, rede ich ihnen sanft zu, tätschele noch einmal ihre

Flanken und schwinge mich dann auf sie. Zuerst etwas wacklig, aber dann immer sicherer, tragen sie mich quer durch den Raum, der mir auf einmal albern und nutzlos erscheint. Dies ist kein Ort für mich und meine Beine.

Hier wohnt das Glück nicht, beschließen wir, und deswegen treten wir hinaus in die Steppe, die sich endlos zwischen Spülbecken und dem weiß lackierten Buffetschrank erstreckt.

Kaum werden die Beine des wogenden Grasmeers ansichtig, galoppieren sie los, ich kann mich kaum auf ihnen halten, werde wohl hie und da abgeworfen, aber schließlich finden wir einen gemeinsamen Rhythmus und preschen ungestüm voran.

Hoch über uns zieht Oma Wittrich ihre ruhigen Bahnen, ihr Ruf schallt leise zu mir herunter, entfernt sich dann aber immer weiter. Sie ruft noch einmal »Spiegelei«, ich winke ihr nach, und schließlich entschwindet sie ganz in ihre eigene Welt.

Nach einem halben Tagesritt machen wir Rast an einem Fluss, ich lasse meine Beine saufen und mich neben sie ins Gras fallen.

»Heiopei.«

»Pissnelke.«

»Arschgeburt.«

Es ist eine unbekannte Stimme, die mich dergestalt hinterrücks anspricht. Aber die Stimme sagt die Wahrheit, das spüre ich, auch wenn ich den Sinn ihrer Worte nicht ermessen kann.

Ich drehe mich um und erblicke einen kleinen Mann mit leicht geschlitzten Augen. Er trägt ein härenes Wams und grobe Fellstiefel, auch seine Mütze ist aus Fell, aber aus einem seidigeren als die Stiefel. Es ist eine herrliche Mütze, ich möchte sie berühren, aber der kleine Mann wehrt sich.

»Finger weg«, sagt er und haut mich mit einem kleinen Plastikschwert.

Jetzt erst erkenne ich den Mann. Es ist Günther. Aber er hat sich als Mongole verkleidet.

»Günther«, sage ich. »Endlich sprichst du mit mir.«

Günther verdreht die Augen. Er wirkt verstimmt.

»Du hast schöne Kleidung an«, sage ich zu Günther, weil ich ihn versöhnlich stimmen will. »So etwas solltest du immer tragen.« Entzückt betrachte ich seine Mütze. Ich muss die haben.

»Findest du?«

Ich nicke eilfertig.

»Kein Wunder, den Aufzug hast du dir ausgedacht. Ich finde ihn zutiefst demütigend, aber was soll ich machen, das hier ist deine kranke Phantasie.«

Günther schaut sich in der Steppe um.

»Mann, Mann, Mann«, brummt er. »Was für 'n Scheiß.«

»Ich dachte, dir gefällt so etwas.«

»In meiner nunmehr fünfunddreißigjährigen Tätigkeit als Schwerstbehinderter habe ich schon viele Idioten kommen und gehen sehen. Aber bei allen Göttern des Universums, du bist der wohl Bescheuerteste, den ich je getroffen habe.«

Ich bin aufgestanden und befingere Günthers Mütze, sie ist so weich, dass ich fast weinen muss. Günther fuchtelt ärgerlich mit seinem Schwert herum, gibt schließlich auf und reicht mir fluchend seine Mütze. Ich wiege sie überglücklich in meinen Armen.

»Ich habe Generationen von Zivildienstleistenden kommen und gehen sehen, und bei den Nebeln der Andromeda ...«

»Ich habe es die ganze Zeit gewusst, du bist ein Außerirdischer.«

»Unterbrich mich nicht. Wo war ich stehengeblieben? Richtig, die Nebel der Andromeda. Egal. Ich hatte also reichlich Zeit, mich an die Tatsache zu gewöhnen, dass ihr Jungs nur bedingt zurechnungsfähige Wesen seid. Wir hatten da zum Beispiel vor Jahren diesen Typen, der ständig den Medikamentenschrank leergefressen hat, wobei leerfressen nicht unbedingt der richtige Ausdruck ist, weil es sich hauptsächlich um diese kleinen Tuben mit Sedativa gehandelt hat, die man Anfallspatienten in den Arsch drückt.«

»Ja, kenne ich von Rashid.«

Günther schaut mich misstrauisch an.

»Nein, ich schwöre. Ich hab nicht mal dran gedacht.«

»Unterbrich mich nicht. Ihr Jungs benehmt euch durchgängig wie verhaltensgestörte Dreijährige, wedelt mit eurem großartigen Abschlusszeugnis herum und glaubt, dass die Welt euer Spielplatz ist, deren Bewohner euch schon deswegen Applaus schuldig sind, weil ihr jetzt alleine schaukeln könnt.«

»Günther, ich ...«

»Schnauze!«

»Jawoll.«

»Und es ist nicht so, dass wir kein Verständnis dafür hätten. Wir sind langmütig.«

Günther seufzt. »Wir arbeiten mit dem Material, das wir bekommen. Wir versuchen sogar, Flachpfeifen wie dich heil durch die fünfzehn Monate zu bringen, damit ihr am Ende bestenfalls nicht mehr die unausstehlichen kleinen Pisser seid, als die eure Eltern euch in die Welt geschissen haben.«

»Wir?«

»Maul halten. Wir, die Kollegen und ich. Ich persönlich habe mich in den Westerwald kutschieren lassen und mir stundenlang miserable Gedichte anhören müssen, bloß weil du es für eine großartige Idee gehalten hast, dort deine kleine Freundin zu knallen. Lass dem Jungen seine Freude, hab ich mir gedacht, vielleicht wird dann was aus ihm.«

»Du sahst selber nicht ganz unglücklich aus, als du ...«

»Tut nichts zur Sache. Um mich geht es hier nicht. Wir lassen uns von euch auf Festivals schleppen, damit ihr den Eintritt sparen könnt. Wie verkommen ist das denn bitte?«

»Es hat Rashid Spaß gemacht.«

»Ihr habt ihn an durchgeknallte Rocker verliehen.«

»Das hat ihm noch mehr Spaß gemacht.«

»Natürlich hat es ihm Spaß gemacht. Scheiße bauen macht immer Spaß, so ist das Universum entstanden.«

»Was?«

»Würdest du eh nicht verstehen, Erbsenhirn.«

Da hat er Recht. Ich verstehe kein Wort.

»Aber es hätte schiefgehen können. Er hat Anfälle, die ihn umbringen können.«

»Das war nicht so gut, stimmt. Aber es ist ja gutgegangen.«

Günther schüttelt den Kopf.

»Ich habe mir das alles angeguckt. Günther, habe ich mir gesagt, der Junge ist lernfähig und im Grunde seines Herzens auch nicht verkommener als der Rest. Lass ihn mal machen, hab ich mir gesagt, der kriegt schon die Kurve.«

»Welche Kurve?«

»Welche Kurve, welche Kurve?«, äfft Günther mich nach. »Die Kurve zum Erwachsenwerden, Schwachkopf.«

»Ich habe keine Ahnung, wovon du sprichst. Ich weiß ja nicht einmal, warum du überhaupt plötzlich sprichst«, sage ich, aber Günther macht eine abwehrende Handbewegung.

»Das mit der Ausstellung für den Kollegen Horsti hat er ja ganz gut hingekriegt, habe ich gedacht, weil er endlich gemerkt hat, dass sich nicht alles bloß um ihn dreht. Er hat ausnahmsweise nicht den Zonk gewählt.«

»Zonk?«

»Ich rede von Entscheidungen. Entscheidungen an den Weggabelungen des Lebens. An denen man sich entweder als denkendes oder wenigstens fühlendes Wesen beweisen oder als kompletter Arsch dastehen kann. Auf welcher Seite siehst du dich da, Sportsfreund?«

»Arsch?«, rate ich vorsichtig.

Günther nickt. Sehe ich das richtig, dass dieser schimpfende Zwergmongole mir gerade erklärt, dass nicht er und die Kollegen, wie er sich auszudrücken pflegt, die Betreuungspflichtigen seien, sondern wir, die Zivildienstleistenden, und dass er und die Kollegen mannigfaltiges Ungemach auf sich nähmen, damit Typen wie ich endlich anfingen, über etwas anderes als uns selbst nachzudenken, oder, um Günther wörtlich zu zitieren, den Kopf aus dem eigenen Arsch zögen?

»Aber ich habe gedacht …«

»Du, mein Freund, denkst allerhöchstens mit dem Schwanz. Im Prinzip kein Problem, wenn man anschließend nicht trotzdem von allen geliebt werden wollte, von Sarah zum Beispiel.«

Ich zeige mich entrüstet, von einem imaginierten Günther in Mongolenverkleidung auf charakterliche Defizite angesprochen zu werden, aber das ficht ihn nicht an.

Günther behauptet stier, Recht zu haben, und was ich mir ansonsten zusammenspinne, gehe ihn nichts an. Seinethalben könne ich ihn auch als rosa Elefanten auftreten lassen, an der Sache ändere das nichts, sagt Günther. Ich versuche das mit dem Elefanten, aber Günther hat Recht, es ändert überhaupt nichts.

»Was soll ich denn machen?«

»Tu ein einziges Mal das Richtige.«

»Was denn?«

»Das Richtige. Und wenn du mich jetzt bitte entschuldigen würdest, ich muss nach Hause telefonieren.«

»Hä?«

»Nichts. Kleiner Alienwitz. Und nicht vergessen: das Richtige.«

Dann ist er weg.

Und die Steppe auch. Dafür ist die vermaledeite Küche wieder da.

Ich sitze also belämmert in Oma Wittrichs Küche und streichele eine Pelzmütze.

Und dann fange ich tatsächlich an, das Richtige zu tun: Ich rufe einen Krankenwagen.

Oma Wittrich sieht nämlich irgendwie nicht gut aus.

21

»Autosuggestion«, sagt Matthes und guckt der Krankenschwester nach. »Kommt in den besten Familien vor.«

Ich schüttele den Kopf. Ich glaub's einfach nicht.

»Im Leben nicht«, sage ich fassungslos.

Das war der heftigste Trip, den ich je erlebt habe. Die Steppe? Günther? Das kann ich mir doch nicht alles eingebildet haben. Nicht ohne chemische Hilfe, meine ich natürlich.

»Du hast eben eine blühende Phantasie. Außerdem wolltest du offensichtlich ganz dringend etwas sehen«, doziert Matthes begeistert. »Placebo-Effekt, selbsterfüllende Prophezeiung, religiöse Verzückung, nenn es, wie du willst.«

»Ich habe es Günther genannt.«

Matthes gackert los.

»Das ist schon geil, dass sich dein Über-Ich ausgerechnet als Günther manifestiert hat.«

»Kann das bitte unter uns bleiben?«

Ich schaue Oma Wittrich an, die kalkweiß in ihrem Krankenhausbett liegt und schnarcht. Eine Kanüle steckt in ihrem Arm. Dehydriert, haben die Ärzte gesagt, aber nichts Lebensbedrohendes.

»Sie ist zu einem Uhu geworden und ist dann weggeflogen.«

Matthes findet das lustig.

»Es war vollkommen real. Matthes, ich bin verrückt geworden.«

»Schnickschnack«, sagt der, »du bist bloß sensibel.« Er kichert schon wieder. »Und total neurotisch.«

Matthes hält das alles mal wieder für einen riesigen Witz.

»Freundin weg, Vermieterin suizidal, da kann man schon mal ein bisschen abdrehen.«

Ich schüttele den Kopf.

»Aber wie ...?«

»Es war ein Witz«, erklärt Matthes zum zehnten Mal, aber ich kann es immer noch nicht glauben.

»Von Anfang an, auf den Pappen war nie LSD drauf. Echt nicht.«

Ich schaue ihn an. Tante Matthes stöhnt und erzählt die Geschichte noch einmal.

»Ich habe Löschpapier mit Comicmotiven zerschnitten und jedem von euch einen Schnipsel gegeben.«

»Warum?«

»Weiß nicht, ich fand's irgendwie lustig.«

»Irgendwie lustig? Ich dachte, wir sind Freunde, verdammt.«

»Und deswegen wollte ich nicht, dass mein bester Freund sich vollkommen draufgeschickt bei seiner eigenen Zeugnisverleihung zum Affen macht. Du solltest mir dankbar sein.«

Ich bin ihm sogar sehr dankbar, aber das kann ich ihm unmöglich sagen.

Später, als wir am Fluss sitzen und nicht aufhören können, uns über diesen Tag zu wundern, wird Matthes mir die ganze Geschichte erzählen. Wir werden in der Bucht zwischen den steinernen Buhnen sitzen, in die der Fluss einige Fuhren Sand gespült und mit dem Altöl der Schiffe am Ufer festgepappt hat. Das ist unser Strand.

Ich habe Rieke an diesem Strand kennengelernt. Ich weiß noch, dass wir uns darüber unterhalten haben, was wir später werden wollten, obwohl wir noch in der Unterstufe waren. Vielleicht war es deswegen einfacher.

»Schriftsteller«, habe ich gesagt, weil ich gerade einen Roman angefangen hatte, in dem es um Ritter, Drachen und dieses Zeugs ging. Ich habe ihn nie zu Ende geschrieben; ehrlich gesagt hatte ich bloß das Deckblatt gemalt.

Rieke hat sich darüber lustig gemacht, aber man hat gesehen, dass sie es trotzdem gut fand.

»Ich habe überhaupt keine Begabung für gar nichts«, hat sie dann gesagt, und weil ich Rieke da noch nicht richtig gekannt habe, ist mir kein Talent eingefallen, dass ich für sie ins Feld hätte führen können. Deswegen habe ich sie von da an in der Schule beobachtet und ihr an jedem Tag eine ihrer Begabungen verraten. Sie konnte zum Beispiel fantastisch einen Delfin nachmachen, kann sie wahrscheinlich immer noch.

Ich hätte nicht mit Rieke schlafen sollen, aber es ging nicht anders. So etwas schüttelt man nicht eben so ab, bloß weil man sich wieder verliebt hat. Da bleibt doch was hängen.

»Ich hab Komplexe gekriegt, als ihr euer Abi bekommen hattet«, wird Matthes sagen. »Jetzt haben sie dich abgehängt, habe ich gedacht. Jetzt machen sie Karriere und ich hänge alleine rum.«

»Karriere?«, werde ich ungläubig fragen.

»Verrückt, was?«, wird er sagen. »Jedenfalls habe ich geglaubt, es ginge mir besser, wenn ich euch zum Trippen überrede, damit diese ganze Abigeschichte für euch wenigstens im totalen Fiasko endet.«

»Arschloch.«

»Ihr hättet ja ablehnen können«, wird Matthes grinsend sagen, weil er Recht hat.

»Außerdem hab ich's ja nicht gemacht. Ihr habt wirklich nur unschuldiges Papier gelutscht.«

Und ich werde erzählen, dass Rieke ihre Pappe auch nicht genommen hat, und wir werden gemeinsam diesen höllischen Tag rekonstruieren, an dem wir uns abwechselnd gegenseitig versicherten, den wohl abgefahrensten Film aller Zeiten zu fahren, um in unbeobachteten Momenten ganz normale Konversation mit dem Rest der Welt zu betreiben.

»Wir haben uns alle gegenseitig verarscht«, wird Matthes sagen und vergnügt auf das Wasser schauen. »Ist das nicht schön?«

Ja, denke ich, vielleicht ist es das.

»Und Bernd?«

»Bei dem weiß man's nie so genau.«

»Stimmt, bei dem weiß man's nicht.«

Wir werden über Oma Wittrich reden, der man recht eindringlich einen Platz im Seniorenheim ans Herz gelegt haben wird. »Das macht die nie«, wird Matthes sagen, aber da irrt er sich, weil er nicht weiß, wie müde und einsam sie wirklich ist.

Und schließlich wird sich Tante Matthes nach allen Regeln der Kunst aufplustern, als der Mann, dessen kühnes Ränkespiel mich vor Galgen, Verderben und Entehrung gerettet hat.

»Ohne mich ...«, wird er sagen, »... ohne mich wärst du doch im Gefängnis gelandet. Wegen illegaler Betäubung alter Damen mit Todesfolge oder so.« Und ich werde Tante Matthes gewähren lassen müssen, denn es stimmt ja.

Ein Arzt kommt herein. »Na, wie geht's uns denn?«, fragt er, weil er halt Arzt ist.

»Supi«, sagt Matthes.

»Ich bin verwirrt«, sage ich.

Oma Wittrich sagt nichts, sie schnarcht bloß.

»Na, das sieht ja ganz gut aus«, findet er trotzdem und fummelt am Tropf herum.

Ich gucke den Arzt auffordernd an. Er schüttelt den Kopf.

»Wir haben das nachgeprüft. Wir haben reichlich Alkohol gefunden, ein Herzmedikament, sonst nichts. Die Frau ist für ihr Alter noch ganz fit, das Blut ist jedenfalls ziemlich in Ordnung.«

»Und bei mir?«

»Junger Freund, so glauben Sie mir doch endlich. Was immer Sie da versehentlich eingenommen zu haben glauben, LSD war es jedenfalls nicht. Und ich rate Ihnen ganz freundschaftlich, die Sache damit auf sich beruhen zu lassen.«

Das »versehentlich« hat er mit Gänsefüßchen ausgestattet, die er in die Luft gemalt hat, und deswegen beschließe ich, seinem Rat ganz dringend zu folgen.

Tante Matthes verabschiedet sich, er muss Priscilla zum Flughafen bringen, ihre Europatournee ist endgültig vorbei. Ich bleibe an Oma Wittrichs Bett sitzen, weil ich da sein will, wenn sie aufwacht.

Das bin ich ihr schuldig.

Außerdem will ich wissen, ob sie ihren Helmut getroffen hat.